»Wer seine Sünde leugnet, dem wird's nicht gelingen; wer sie aber bekennt und lässt, der wird Barmherzigkeit erlangen.«

Sprüche Salomos 28,13

www.wittig-verlag.de

Gerhard Brüning, geb. 1951 in Balingen (Baden-Württemberg), ist evangelischer Pfarrer. 1989–1995 war er Gemeindepastor an der Hauptkirche St. Petri in Hamburg, ist seitdem im Pfarrdienst der ev. Landeskirche in Württemberg und seit 2001 geistlicher Leiter von „Kirche im Aufbruch e.V." in Württemberg. Er ist im Bundesvorstand der „Geistliche(n) Gemeindeerneuerung e.V." und hat bereits einige religiöse Bücher veröffentlicht. Mit diesem Buch legt er seinen ersten *K*irchen*K*rimi vor.

Gerhard Brüning

Wer seine Sünde leugnet

*K*irchen*K*rimi

Friedrich Wittig Verlag

Liebe Leserin, lieber Leser,

als diese Geschichte im Entstehen war, habe ich Teile davon Freunden vorgelesen. Sie stellten scharfsinnig fest, dass es zwischen der Hauptperson und mir gewisse Übereinstimmungen gibt: Ich bin württembergischer Pfarrer, ich rauche Pfeife, ich trinke gern ein Glas Wein und ich kenne Hamburg gut. Meine Freunde sahen mich daraufhin sehr vielsagend an . . .

Um jedes Missverständnis zu vermeiden, erkläre ich, dass alle Personen frei erfunden sind, die ganze Geschichte nur ausgedacht und Produkt meiner Phantasie ist. Jede Übereinstimmung mit lebenden Personen oder tatsächlichen Begebenheiten wäre rein zufällig.

Gerhard Brüning

Zitat auf Seite 1 aus: Lutherbibel 1984,

ISBN 3-8048-4479-0

Reihengestaltung: Ingo Wulff, Kiel
Umschlagfoto: Michael Zapf, Hamburg
Lektorat und Layout: Johannes Keussen, Kiel

Printed in Germany

Der Brief

Pfarrer Gonser ahnte nichts Böses. An diesem schönen Frühlingstag fühlte er sich – endlich wieder – ausnehmend wohl in seiner Haut. Darum ging er mit sich und der Welt zufrieden seinen Weg durch „seine" Gemeinde. Er mochte die ausgedehnte Siedlung am Stadtrand mit ihren Gärten und Häusern. Er mochte die Menschen, die hier wohnten (jedenfalls die meisten), und hatte guten Grund zu der Annahme, dass dies auf Gegenseitigkeit beruhte. Irgendwie schien hier in Burgheim für ihn alles etwas leichter zu sein als in Etzeldorf, seiner alten Gemeinde. Natürlich hatte es auch dort manches gegeben, an das er sich gern erinnerte. Dennoch war er mit den Etzeldorfern nicht richtig warm geworden. Dabei war Horst Gonser ein umgänglicher und anpassungsfähiger Mann.

Etzeldorf war seine erste Gemeinde gewesen, und noch immer erfüllte ihn eine Art grimmigen Spotts, wenn er daran dachte, wie seine oberste Kirchenbehörde ihn damals zur Bewerbung auf diese Stelle aufgefordert hatte. Der unwiderstehliche Charme eines Landeskirchenamtes! „Etzeldorf isch genau das Richtige für Sie", hatte der Referent im Oberkirchenrat damals gesagt, den sein verantwortungsvolles Amt nicht daran hinderte, Schwäbisch zu reden und das Hochdeutsche nur im äußersten Notfall zu benutzen. „Des isch die Gemeinde, die zu Ihne passt."

Horst Gonser war ehrlich bereit, den Etzeldorfern ein guter Pfarrer zu sein, aber das erwies sich als ein mühseliges Geschäft. Dieses Dorf hatte seine eigenen Gesetze, die Gonser entweder nicht kannte oder denen er sich aus Prinzip nicht unterwerfen wollte. Ständig war in diesem Dorf ein Mensch von einem anderen beleidigt und das aus Gründen, die Gonser einfach nicht nachvollziehen konnte. Dazu diese ewigen Klatschgeschichten, in denen einer über den anderen herzog! Dass er in seinen Predigten immer wieder vor „Zungensünden" warnte und biblische Mahnungen wie „Redet, was gut ist" zitierte, schien nicht einmal unter seinen regelmäßigen Kirchgängern einen großen Eindruck zu hinterlassen. Er wollte nicht resignieren, aber nach einigen Jahren gab ein kleiner Vorfall den Anlass für seinen Wechsel. Bei einem Dorffest hatte sich ein Mann zu ihm gesetzt, dessen undeutliche Aussprache den Genuss größerer Mengen Bier verriet. „Herr Pfarrer, nix für oguat, aber irgendwie passet Sie net hierher." Früher hätte er sich nach einem solchen Satz wahrscheinlich verletzt gefühlt, aber es machte ihm nichts mehr aus. Er hatte im Laufe der Zeit ein dickeres Fell bekommen. „Karin, der Mann hat Recht", hatte er zu seiner Frau gesagt. „Lass uns eine neue Stelle suchen." So hatte er sich schließlich nach Burgheim beworben. Der Referent im Oberkirchenrat war darüber gar nicht glücklich. „Muass des denn sei?" hatte er geseufzt. „Ja!" sagte Pfarrer Gonser mit einer solchen Heftigkeit, dass nicht nur sein Gesprächspartner, sondern auch er selbst darüber erschrocken war.

Aber das war Vergangenheit, Burgheim war Gegenwart. Zwei Jahre war er schon mit seiner Familie in dieser Gemeinde, und noch immer durchströmte ihn ein Glücksgefühl, wenn er daran dachte. Er sah auf seine Armbanduhr. Es gab keinen Grund sich zu beeilen. Er kam jetzt von der Schule, wo er den ersten Religionsunterricht nach den Osterferien gehalten hatte. Viel zu tun gab es bis zum Mittagessen nicht mehr. Die Post, die sich mittlerweile in seinem Briefkasten befinden dürfte, wollte er durchsehen. Aber das konnte noch ein wenig warten. So machte er einen kleinen Umweg und freute sich an der warmen Frühlingsluft. Die Kohlmeisen machten in den Bäumen und Sträuchern der Gärten einen Riesenlärm. Am Haus von Frau Meierle blieb er kurz stehen. Sie gehörte zur Gemeinde und war Mitglied des Kirchengemeinderates, aber nicht deshalb war er stehen geblieben. Frau Meierle pflegte das Gärtchen vor ihrem Haus mit besonderer Sorgfalt. Narzissen, Tulpen und Traubenhyazinthen wetteiferten um die schönste Farbe. Pfarrer Gonser beschloss für sich, dass heute die kleinen blauen Traubenhyazinthen Sieger sein sollten.

„Hallo, die hohe Geistlichkeit vor meiner Gartentüre! Welche Ehre!" hörte er hinter sich jemand sagen. Er drehte sich um. Frau Meierle stieg von ihrem Fahrrad und nahm ein Einkaufsnetz vom Lenker. „Wollten Sie zu mir?"

„Guten Morgen, Frau Meierle. Nein, ich wollte nicht zu Ihnen. Ich bin nur zufällig hier vorbeigekommen und bewundere Ihre Blumen."

„Na, dann schauen Sie sich mal besonders meine Tulpen an. Eine neue Sorte. Ich hätte nicht gedacht, dass sie so toll kommen. Ich gebe Ihnen im Herbst einmal ein paar Zwiebeln davon für Ihren Pfarrgarten."

„Geben Sie sie lieber meiner Frau. Die Blumen bei uns finden meine Frau einfach netter als mich. Ich weiß nicht, was ich falsch mache."

„Machen Sie sich nichts daraus", tröstete ihn Frau Meierle. „Keiner kann alles. Wir hatten hier mal einen Pfarrer, der phantastische Rosen gezüchtet hat. Aber seine Predigten. Ich kann Ihnen sagen!" Sie schnaubte verächtlich durch die Nase.

„Na ja", lächelte er, „keiner kann eben alles." Aber damit reizte er Frau Meierle.

„Jetzt hören Sie mal zu!" rief sie und stellte das Netz auf den Boden. „Ich habe nichts dagegen, wenn ein Pfarrer Rosen züchten kann. Von mir aus kann er jedes Hobby der Welt haben. Aber ich erwarte, dass er mir das Wort Gottes predigt und nicht einen verdünnten Aufguss. Also wer heute alles Pfarrer sein kann, ich weiß nicht! Kein Wunder, dass Gottes Gebote bei uns immer mehr mit Füßen getreten werden. Wo sind denn in der Kirche die Leute, die Sünde noch Sünde nennen?"

Horst Gonser kannte Frau Meierles Neigung zu spitzen Äußerungen. Mit Kritik, vor allem über das, was ihr in der Gemeinde nicht passte, war sie schnell bei der Hand. Jemand hatte einmal boshaft von ihr gesagt, sie sei die wieder erstandene Inquisition. Aber dieser Ausbruch überraschte ihn. Ob er jetzt wohl auch etwas abbekam?

Frau Meierle war noch nicht fertig. „Sie sehen doch, was heute alles möglich ist! Sonntags die Läden auf. Jugendliche, die ihren Eltern auf der Nase herumtanzen. Sexuelle Schamlosigkeit, wohin man schaut. Wirtschaftskriminalität! Und was die politischen Parteien mit ihrem Geld machen, da fragt man am besten erst gar nicht. Wahrscheinlich kann man nicht verhindern, dass es solche Dinge gibt. Aber glauben Sie mir: Wenn die Kirche ihr von Gott gegebenes Wächteramt wirklich wahrnehmen würde, sähe es in unserer Gesellschaft anders aus!"

Pfarrer Gonser wusste nicht, wie er auf die pauschalen Anklagen seines Gemeindegliedes antworten sollte. Er musste wohl sehr unglücklich aussehen, denn seine Gesprächspartnerin dämpfte plötzlich ihre Stimme.

„Was rege ich mich auf? Ich bin eben eine alte Frau mit konservativen Ansichten. Lassen Sie sich durch mich den schönen Tag nicht verderben. Grüßen Sie Ihre Frau!" Damit nahm sie ihr Netz und ihr Fahrrad. Eben wollte er sich verabschieden, als sie ihn noch einmal eindringlich ansah. „Herr Gonser, ich danke Gott, dass Sie jetzt unser Pfarrer sind", sagte sie leise. „Ich glaube, Sie könnten ein Segen für unsere Gemeinde werden." Damit schob sie ihr Fahrrad in Richtung ihres Hauses. Doch dann drehte sie sich noch einmal um. Sie wäre nicht sie selber gewesen, hätte sie dieses Kompliment nicht mit einer Prise Pfeffer gewürzt. „Dass Sie sich darauf bloß nichts einbilden", raunzte sie und schob ihr Rad durch die Gartentür.

Verdutzt holte Horst Gonser Luft. Damit hatte er nicht gerechnet. Das hatte sie bisher noch nie zu ihm gesagt. Er erinnerte sich, was sein Dekan damals vor zwei Jahren bei seinem Dienstantritt zu ihm gesagt hatte: „Lassen Sie sich von der Frau Meierle nicht ins Bockshorn jagen. Sie ist im Grunde genommen eine treue Seele. Aber bisher hat sie noch jedem Pfarrer das Leben schwer gemacht. Es ist nicht anzunehmen, dass sie bei Ihnen eine Ausnahme macht." Und jetzt ein solches Kompliment! Es war nur gut, dass sie nicht alles über ihn wusste.

Erfreut und gleichzeitig nachdenklich machte sich Horst Gonser auf den Heimweg. Zu Hause erzählte er seiner Frau von dieser denkwürdigen Begegnung. Karin nahm es von der heiteren Seite. „Was habe ich doch für einen charmanten und großartigen Mann! Sollte ich das jemals vergessen, erinnere mich bitte an Roswitha Meierle."

„Worauf du dich verlassen kannst!" lachte er und holte den Briefkastenschlüssel, um das zu erledigen, was er sich vorgenommen hatte.

Horst Gonser schloss den Briefkasten wieder zu und wog den Packen an Briefen, Karten und Prospekten in seiner Hand. Es war eine ganze Menge, und er würde ein Weilchen brauchen, sich das alles anzusehen. Aber wahrscheinlich konnte einiges gleich im Papierkorb verschwinden. Als Pfarrer brauchte man eine Bibel, einen Terminkalender und vor allem einen großen Papierkorb. Alles andere war, wenn nicht entbehrlich, dann doch zweitrangig. Das hatte er schon in den ersten Wochen seines Berufes gelernt.

Er setzte sich an den Schreibtisch und nahm den Brieföffner zur Hand. Die Post anzusehen musste zwar sein, aber er mochte diese Arbeit nicht so sehr. Persönliche Briefe waren selten, viel Werbung flatterte ins Haus, vor allem unzählige Verlage schickten ihre Angebote an die Pfarrämter, und die übrigen Briefe bedeuteten weitere Arbeit. Ob er sich eine Pfeife stopfen sollte? Ach, so kurz vor dem Essen hatte das nicht viel Wert.

Er nahm den nächsten Brief, einen hellblauen Umschlag, öffnete ihn und zog ein weißes Blatt heraus. Er faltete es auseinander. Ein kleineres Blatt fiel heraus. Er drehte es um, damit er es betrachten konnte, und stieß einen Ruf der Überraschung aus. Es war ein Foto und zeigte ein nacktes Paar in einer Pose, die an Eindeutigkeit nichts zu wünschen übrig ließ. Er ließ die Hand mit dem Foto sinken. Wer schickte ihm denn so etwas? Das war beunruhigend. Oder sollte das ein schlechter Scherz sein? Er schaute sich das Bild genauer an. Da wurde sein Mund trocken und die Farbe wich aus seinem Gesicht. Der nackte Mann auf dem Bild war er und die Frau, die rittlings auf ihm saß, war Paola. Nun erkannte er auch, dass das Foto ein Computerausdruck war. Auf irgendeinem PC war ein Bild von ihm eingespeichert, das ihn, den Pfarrer, mit der Prostituierten Paola zeigte. Womöglich gab es sogar noch mehr Fotos als nur dieses eine.

Paola! Im Februar hatte er sie in Hamburg kennen gelernt. Sie war Nackttänzerin in einem Sex-Schuppen auf der Reeperbahn. Hatte sie ihm den Brief geschickt? Mit zitternden Händen nahm er den Umschlag in die Hand. Kein Absender. Natürlich nicht. Er hätte es sich denken können. Woher kam also der Brief? Der Stempel war wie beinahe alle Poststempel, nämlich unleserlich. *Briefzentrum* konnte er mit Mühe entziffern. Nun war er so klug wie vorher. Aber seine Anschrift war korrekt auf den Umschlag geschrieben. *Herrn Pfarrer Horst Gonser – persönlich,* stand da. Aber er hatte Paola doch nur seinen Vornamen genannt. Konnte der Brief von ihr sein?

Die Gedanken in seinem Kopf jagten sich. Er hatte die Ehe gebrochen. Aus einer blöden Laune heraus war er in die Sache geschliddert. Das erste Mal in seinem Leben – und prompt war er ertappt worden. Die Strafe Gottes! *Den Gottlosen werden seine Missetaten fangen, und er wird mit den Stricken seiner Sünde gebunden.* Seit dieser Geschichte fielen ihm solche Bibelstellen besonders häufig ins Auge. Aber das lag wohl an seinem schlechten Gewissen.

Er versuchte sich zu beruhigen. War außer dem Foto noch etwas in dem Brief? Er drehte das gefaltete Papier in seinen Händen. Nichts. Er sah im Umschlag nach.

Wer hatte ihn und Paola beobachtet? Oder hatte sie das Foto irgendwie heimlich aufgenommen? Wieder griff die Panik nach ihm. „Ruhig, Horst!" sagte er zu sich selbst. „Jetzt nicht die Nerven verlieren." Und dann sah er den kleinen Zettel, der in einer Ecke des Umschlags hängen geblieben war. Auf dem Zettel war dieselbe klare und gleichmäßige Schrift, die auch auf dem Umschlag war.

Lieber Herr Pfarrer! las er. *Offensichtlich hat Ihnen der Besuch bei Paola viel Freude bereitet. Warum sollte es bei dem einen Mal bleiben? Kommen Sie doch einfach mal wieder nach Hamburg. Sie wissen ja, wo diese charmante Dame zu finden ist. Melden Sie sich bald. Paola wird Sie gern empfangen.*

Ihm schwindelte. Was hatte das jetzt zu bedeuten? Wer trieb da sein Spiel mit ihm? War es Paola selbst, die diesen Brief verfasst hatte? Oder waren es die Betreiber jenes Etablissements? Oder wer sonst hatte – wie auch immer – ihn beobachtet? Wer hatte ihn erkannt? Jemand aus der Gemeinde vielleicht? Nicht auszudenken? Dann war er erledigt.

Kommen Sie doch einfach mal wieder nach Hamburg. Das war doch der glatte Hohn! Hamburg stand zwar schon wieder auf seinem Terminplan, allerdings erst in den Pfingstferien, wenn die Seminarreihe, zu der er sich angemeldet hatte, fortgesetzt werden würde. Aber er war wild entschlossen, dann jedes sogenannte Vergnügungsviertel und vor allem Paola zu meiden. Nach dieser dummen Geschichte war er in eine tiefe Krise geraten. Er, der fromme Pfarrer, hatte eklatant gegen Gottes Gebot die Ehe gebrochen. Er, der Ehemann, der einst seiner Frau die Treue versprochen hatte und der keinen ernsthaften Grund hatte, sich über seine Frau zu beschweren, war mit einer – na ja, „Nutte" nannte man das wohl – ins Bett gegangen. Er hatte lange genug gebraucht, um wieder einigermaßen die innere Balance zu finden. Aber nun holte ihn diese Sache erneut ein.

Während er noch seinen Gedanken nachhing, klopfte es an die Tür. Hastig und mit zitternden Fingern versuchte er den

Brief und das Bild zu verdecken. Im selben Moment steckte auch schon Karin ihren Kopf durch den Türspalt.

„Du, Horst, könntest du mir eben noch vor dem Mittagessen ... Was ist denn? Du bist ja ganz bleich! Geht es dir nicht gut?"

„Schon gut", versuchte er sie zu beruhigen, „mir ist es gerade nicht so gut. Mach dir keine Sorgen."

„Na hör mal", widersprach sie, „du solltest mal dein Gesicht sehen. Wie eine gekalkte Wand siehst du aus. Was ist los? Hast du was Schlechtes gegessen? Werde mir ja nicht krank. Wir haben für heute Abend eine Einladung. Oder hast du ein Problem in der Gemeinde?" Sie sah den Poststapel auf seinem Schreibtisch. „Ist da was Schlimmes bei?" Sie öffnete die Tür ganz und kam näher.

Er versuchte seine Fassung wieder zu gewinnen. Um zu vermeiden, dass sie sich dem Schreibtisch auf eine gefährliche Weise näherte, stand er auf und ging ihr entgegen. „Mach dir keine Sorgen. Ich bin schon wieder okay. Also – was soll ich dir besorgen?" Sie hörte den gereizten Unterton in seiner Stimme. Er zog sie zur Tür und verließ mit ihr das Arbeitszimmer.

Als er einige Minuten später das Haus verließ, stand Karin Gonser am Fenster und sah ihrem Mann nach. Sie spürte deutlich, dass nichts in Ordnung war trotz seiner beruhigenden Worte. Seit Wochen war er so unausgeglichen. Es gab Zeiten, wo er sich sehr um sie bemühte, mehr als in den letzten Jahren, und dann konnte er wieder so komisch sein: distanziert, gereizt, unzugänglich. Das heißt, in letzter Zeit schien es wieder besser geworden zu sein. Aber nun das! Irgendetwas stimmte mit ihm nicht. Aber wenn sie ihn gefragt hatte, bekam sie keine vernünftige Antwort. Wenn er wenigstens mit ihr darüber reden würde. „Und da sagt man, wir Frauen seien kompliziert!", seufzte sie und ging wieder ihrer Arbeit nach.

Die Einladung

Auch Klaus Brunkhorst ahnte nichts Böses. Im Gegenteil! Schon den ganzen Tag hatte er sich auf den Abend gefreut, wo Horst und Karin zum Essen kommen wollten. Er sah auf seine Uhr. Noch eine knappe Stunde. Er ging in die Küche, wo seine Frau am Herd stand.

„Was kochst du denn Gutes?"

„Mach, dass du aus der Küche kommst, und lass dich überraschen. Außerdem sollten Männer in deinem Alter nicht so viel ans Essen denken!"

„Na hör mal", protestierte er, „was heißt da ‚in deinem Alter'? Dreiundfünfzig ist nicht alt. Außerdem – findest du, dass ich dick bin?" Er sah an sich herunter. So schlank wie vor zwanzig Jahren war er natürlich nicht mehr.

Martina Brunkhorst ging auf ihn zu und strich ihm zärtlich über den Bauchansatz. „Sagen wir mal so: Dick bist du nicht, aber man sieht dir an, dass Appetitlosigkeit nicht zu den Grundproblemen deines Lebens gehört."

Er lächelte amüsiert. „Das hast du aber schön gesagt. Außerdem solltest du wissen, dass es auch eine Art und Weise ist, Gott zu ehren, wenn man die angenehmen Seiten des Lebens genießt."

„Amen!" rief sie lachend und schob ihn aus der Küche.

Er schmunzelte. Der Satz mit „genießen" und „Gott ehren" markierte den Anfang seiner Freundschaft mit Horst Gonser. Es war in den Tagen nach Weihnachten gewesen. Klaus Brunkhorst stand im *Smoker's Paradise,* dem exquisiten Tabakladen Burgheims, und ließ sich die Pfeife zeigen, die er vor schon längerer Zeit in der Auslage entdeckt hatte. Es war ein sehr teures Stück. Er hatte angefangen, auf diese Pfeife zu sparen, immer in der Angst, jemand könnte sie ihm vor der Nase wegschnappen. Aber jetzt hatte er genug Geld gespart, nun wollte er das kostbare Stück endlich erwerben. Er hielt sie in der Hand und betrachtete sie eingehend, als ein Mann etwa Ende Dreißig den Laden betrat und nach einem Pfeifentabak verlangte. Nach einem guten Tabak, wie Brunkhorst als Kenner sogleich feststellte. Der andere Mann sah auf die Pfeife in seiner Hand. „Wollen Sie die kaufen?" Klaus Brunkhorst nickte. „Darf ich mal sehen?" bat der andere Mann und nahm die Pfeife in die Hand. Trotz ihrer Größe war sie wunderbar leicht und hatte eine gleichmäßige Maserung. „Das ist ein Prachtstück!" lobte der jüngere Mann die Pfeife und sah Klaus Brunkhorst freundlich an.

„Man muss das Leben genießen", hatte Klaus Brunkhorst erwidert, worauf der Mann sagte: „Ja, man ehrt Gott, den Schöpfer, wenn man die schönen Seiten des Lebens genießt." Dieser Satz hatte Klaus Brunkhorst aufhorchen lassen. „Meinen Sie das ernst?"

Der andere sah ihn an. „Ja, das ist mein Ernst. Warum auch nicht?"

„Das freut mich, dass Sie das sagen. Übrigens, ich heiße Klaus Brunkhorst."

Der andere Mann stutzte. „Klaus Brunkhorst – der Pastor von der freien evangelischen Gemeinde?" Brunkhorst nickte. „Angenehm", sagte sein Gegenüber und gab ihm die Hand. „Ich bin Horst Gonser, Pfarrer an der Heilandskirche. Übrigens hatte ich als Student mal einen Professor, von dem ich nicht nur einiges über das Neue Testament, sondern auch über Wein gelernt habe. ‚Gonser', sagte der immer, ‚trinken Sie nicht viel, aber trinken Sie was Ordentliches.' Mit dem Pfeife-Rauchen sollte man es genauso halten."

„Dann sind wir uns also über Gott, den Wein und das Pfeife-Rauchen einig. Darf ich Sie zu einem Kaffee einladen?"

„Moment mal", mischte sich der Ladenbesitzer ein. „Wollen Sie die Pfeife nun kaufen oder nicht?"

Klaus Brunkhorst dachte gern an diese Szene. Die Freundschaft mit den beiden Gonsers bedeutete ihm viel. Vor Jahren hatte er in Burgheim die freie Gemeinde gegründet. Er hatte gehofft, mit den etablierten Kirchen gut zusammenarbeiten zu können. Aber Evangelische und Katholiken hatten ihn bei jeder Gelegenheit spüren lassen, dass sie ihn als unliebsame Konkurrenz betrachteten. Der damalige Pfarrer an der Heilandskirche hatte ihn sogar besonders heftig abblitzen lassen. Als dann Gonser kam, hatte er erst gar nicht gewagt, auf ihn zuzugehen. Aber seit jenem Tag im Tabakladen riefen sie sich immer wieder gegenseitig an. Schade, dass sie sich so selten sahen. Umso mehr freute er sich auf den heutigen Abend.

Es klingelte an der Tür. Er und Martina empfingen ihre Gäste. „Kommt rein!" rief Klaus Brunkhorst. „Horst, ich habe da einen neuen Trollinger zum Essen. Ich bin auf dein Urteil gespannt!"

„Trollinger, die Milch der Schwaben!" rief Karin Gonser.

„Liebe Karin", sagte Brunkhorst, „erstens bin ich – Gott sei Dank! – kein Schwabe, und zweitens ist Milch trinken gesund."

Horst Gonser riss sich an diesem Abend gewaltig zusammen. Das war nicht einfach, denn er konnte den Brief mit dem Foto von Paola und ihm nicht vergessen. Was sollte das? Wer hatte da etwas vor? Und was? Aber immer wieder bemühte er sich, mit seinen Gedanken nicht abzuschweifen. Zum Glück waren Klaus und Martina gute und unterhaltsame Gastgeber. Das half ihm.

Aber Martina Brunkhorst musste etwas bemerkt haben. Als sie nach dem Essen gemütlich beisammen saßen, fragte sie Horst nach seinem Wohlbefinden. „Och, eigentlich geht es mir ganz gut." Er sah Martinas skeptischen Blick. „Na ja, manchmal gibt es Stress", räumte er ein. Um das Thema nicht vertiefen zu müssen, lenkte er ab. „Wie geht es in eurer Gemeinde?"

Klaus Brunkhorst holte tief Luft und ließ sie geräuschvoll aus dicken Backen wieder entweichen. Dabei schob er die Unterlippe nach vorn. „Wie geht es in der Gemeinde?" wiederholte er die Frage. „Vordergründig betrachtet ganz gut. Eine Reihe jüngerer Familien sind Gemeindeglieder geworden und sind mit Feuereifer bei der Sache. Das ist toll. Es läuft gut. Manchmal läuft es für mein Empfinden schon zu gut."

„Eure Probleme hätten wir gern!" rief Karin Gonser erstaunt aus. „Wie meinst du das, was du sagst? Ich wünschte, es würde uns gelingen, mehr junge Familien zu erreichen."

„Natürlich freue ich mich über das Wachstum in der Gemeinde. Vieles läuft wirklich gut. Aber das Klima bei uns stimmt mich allmählich unbehaglich. Die Gemeinde ist dabei, zu fromm zu werden." Als er das erstaunte Gesicht seiner Gäste sah, lachte er. „Ich meine wirklich, was ich sage. Unsere Leute werden stolz auf den Erfolg. Über euch in der Landeskirche rümpfen sie nur noch die Nase. ‚Taufscheinchristen' nennen sie euch. Sie fühlen sich als die besseren Christen. Natürlich ist das auch ein Stück Reaktion auf die Ablehnung, die sie durch die großen Kirchen erfahren. Aber mir missfällt, dass meine Leute nur noch heilig sein wollen, aber keine Sünder mehr. Irgendwo habe ich mal gelesen, dass dies eine große Gefahr für jede christliche Gemeinschaft sei. Wo man nur noch heilig sein wolle, müsse man die Sünde voreinander verstecken und werde auf diese Weise unaufrichtig. Das leuchtet mir ein. Ich muss da in meiner Gemeinde rechtzeitig die Bremse ziehen."

„Dietrich Bonhoeffer hat solche Gedanken geäußert", sagte Gonser und merkte, wie er hellwach geworden war. War das nicht genau seine Situation? Musste er als Pfarrer nicht den frommen Schein waren? Aber wer half ihm dann in seiner Gewissensnot? „Wir müssten normaler mit der Sünde umgehen", sagte er leise.

Karin Gonser spürte, dass in ihrem Mann etwas vorging. Aber für heute hatte sie genug von Problemen. „Hört mit eurer Theologie auf! Martina und Klaus, erzählt mir lieber, wie ihr euch kennen gelernt habt."

„Ganz einfach", erwiderte Martina Brunkhorst und sah zu ihrem Mann. „Klaus wurde mir als Abteilungsleiter vor die Nase gesetzt. Er war ein großkotziger Kerl und hielt sich für unwiderstehlich. Außerdem hatte er lausige Manieren. Es war eine reine Erziehungsmaßnahme, dass ich mich seiner angenommen habe."

„Vielen Dank, Mutti", lachte Klaus Brunkhorst.

„Nein, jetzt mal im Ernst! Wie war das mit euch?" hakte Karin nach.

„Sie hat nicht unrecht mit dem, was sie gesagt hat. Sie musste mich wirklich erziehen. Leider ist sie damit immer noch nicht fertig." Klaus Brunkhorst sah seine Frau liebevoll an. „Wie ihr wisst, komme ich aus Schleswig-Holstein. Ich war Ingenieur in einer Firma in Elmshorn. Damals war ich ein etwas wilder Typ. Ich ließ nichts anbrennen, bei der Damenwelt schon gar nicht. Dann sollte ich auf Wunsch meiner Firmenleitung nach Stuttgart. Ich als Nordlicht bei den Spätzlefressern! Das passte mir überhaupt nicht. Aber wenn ich beruflich weiterkommen wollte, konnte ich schlecht ablehnen. So kam ich also in unsere süddeutsche Filiale und versuchte mich einzuleben. Schon allein die Sprache war ein Graus. In dieser Firma sprach kaum ein Mensch Hochdeutsch. Ich kam mir vor wie bei einem Auslandseinsatz. Der einzige Lichtblick war die technische Zeichnerin Martina Ebinger. Lange mittelblonde Haare, schlank, lange Beine, hinreißend blaue Augen. Genau der Typ Frau, der mir lag. Sie hatte nur einen gewaltigen Fehler."

Klaus Brunkhorst fing an, seine Pfeife zu stopfen. Lächelnd genoss er den Anblick neugieriger Spannung auf den Gesichtern seiner Gäste. Um die Spannung zu erhöhen, ließ er sich mit dem Anzünden der Pfeife Zeit. „Die Dame galt als spröde. Ihre Kollegen hatten alle Annäherungsversuche schon längst aufgegeben. Der Leiter einer anderen Abteilung sagte mir mal, wer keinen Heiligenschein habe, brauche es erst gar nicht zu versuchen. Sie habe einen religiösen Tick."

„Den hatte ich natürlich nicht", protestierte Martina. „Mein einziger Fehler – jedenfalls in den Augen der Belegschaft – bestand darin, dass ich regelmäßig in die Kirche ging."

„Und wie ging es dann weiter?" drängte Karin Gonser.

Klaus Brunkhorst fuhr fort. „Eines Tages war ein Betriebsfest oder so etwas Ähnliches. Ich hatte mir Mut angetrunken. Mit dem schwäbischen Wein kam ich schneller zurecht als mit den Spätzle und Knöpfle und wie das Zeug alles heißt. Ich ging auf sie zu und fragte sie, ob sie nicht mal Lust hätte, mit mir etwas gemeinsam zu unternehmen. Sie lächelte mich an, dass mir schon ganz anders wurde. Und dann sagte sie: ‚Hätten Sie nicht Lust, mit mir nächsten Sonntag in die Kirche zu gehen?' Stellt euch das mal vor! Das mir, dem Christentumsverächter und Pfaffenfresser, der ich seit vielen Jahren keine Kirche mehr von innen gesehen hatte. Ich murmelte was und ließ sie dann stehen."

„Klaus, alter Fischkopf, du hast nicht gemurmelt, sondern ziemlich deutlich ‚fromme Schreckschraube' zu mir gesagt!"

„Ach, wirklich? Das soll ich gesagt haben? Aber lasst mich erzählen, wie es weiterging. Martina hatte es mir wirklich angetan. Als ich am nächsten Tag wieder nüchtern war, tat es mir Leid, sie beleidigt zu haben. So ging ich zu ihr hin und entschuldigte mich. Sie sah mich freundlich an und sagte dann: ‚In Ordnung, machen Sie es das nächste Mal besser.' Versteht ihr, sie war nicht beleidigt, sie benahm sich nicht zickig. Sie war richtig nett zu mir. ‚Machen Sie es das nächste Mal besser.' Das ließ doch Raum für Hoffnung. Da nahm ich meinen ganzen Mut zusammen und sagte: ‚Ich würde wirklich gern etwas mit Ihnen gemeinsam unternehmen.' Und wieder sah sie mich aus ihren blauen Augen an und fragte: ‚Wollen Sie mich nächsten Sonntag in die Kirche begleiten?' – ‚Einverstanden', sagte ich, ‚aber nur, wenn Sie anschließend mit mir essen gehen.'"

„Der arme Klaus fühlte sich in der Kirche sichtlich unwohl", ergänzte Martina. „Aber er hat sich tapfer gehalten. Ich war richtig stolz auf ihn. Und die Predigt hat ihn sogar beeindruckt."

„Ja“, sagte Klaus, und er war jetzt ernst, „der Pfarrer predigte über Freiheit. Plötzlich hatte ich den Eindruck, er wisse darüber besser Bescheid als ich, der ich mich doch für frei und unabhängig hielt. Langer Rede kurzer Sinn: Ich habe Martina noch öfters begleitet und eines Tages habe ich mit dem Glauben an Jesus Christus ernst gemacht. Nach einiger Zeit bekam ich mehr und mehr Lust, Prediger zu werden. Eine große Klappe hatte ich ja schon immer. So bin ich auf eine Bibelschule gegangen und Martina hat mir geholfen, diese Zeit finanziell zu überbrücken. Tja, und jetzt bin ich Pastor einer freien Gemeinde in Burgheim.“

Sie plauderten noch ein Weilchen, aber Horst Gonser wurde immer stiller. „Machen Sie es das nächste Mal besser.“ Dieser Satz war bei ihm hängen geblieben. Konnte das auch für ihn gelten? Doch was hieß schon „das nächste Mal“ in seiner Lage? Er hatte sich seine vertrackte Situation selbst geschaffen und durch diesen merkwürdigen Brief wurde sie zu einer ernsthaften Bedrohung.

Die Live-Show

Die nächsten Tage waren für Horst Gonser eine Qual. Die Gedanken fuhren in seinem Hirn Karussell. Es fiel ihm schwer, sich auf seine Arbeit zu konzentrieren. Seine Konfirmanden merkten das und tanzten ihm auf der Nase herum. Er bekam einen Wutanfall und schrie die Gruppe so sehr an, dass die Jungen und Mädchen erstarrten. Da kam er zu sich und merkte, dass er die Fäuste geballt hatte, als ob er sich gleich auf die Jugendlichen stürzen wollte. „Entschuldigt“, murmelte er, „mir geht's heute nicht sehr gut. Geht nach Hause.“ So leise wie an diesem Tag hatten seine Konfirmanden noch nie den Raum verlassen.

Zu Hause warf er sich auf die Couch. Als Karin nach Hause kam, erschrak sie. „Horst“, fragte sie mit sanfter Stimme, „was ist los? Kann ich dir helfen? Bitte sag doch was! Glaubst du, ich merke nicht, dass etwas mit dir nicht stimmt?"

Ihre Anteilnahme tat ihm gut. Aber sollte er zu ihr sagen: „Ich war mit einer Prostituierten im Bett. Jemand hat mir ein Bild von uns beiden geschickt und mich wieder zu ihr ‚eingeladen'; das ist mein ganzes Problem."? So schüttelte er nur den Kopf und sagte: „Ich weiß nicht, vielleicht ist mir in letzter Zeit doch alles etwas zu viel gewesen."

„Morgen gehst du zum Arzt", entschied Karin. „Keine Widerrede!" fügte sie hinzu, als er protestieren wollte.

Der Arzt schrieb ihn für eine Woche krank und verschrieb ihm ein Stärkungsmittel. „Schlafen Sie viel und gehen Sie spazieren", lautete sein Rat. Horst Gonser rief seinen Vorgesetzten, Dekan Weinle in Rallingen an und spürte, dass dessen Wunsch „gute Besserung" ihm etwas schwer von den Lippen kam. Dekan Weinle legte Wert darauf, dass die Dinge liefen, und ein Pfarrer – gerade mal erst 38 Jahre alt –, der kurz nach den Osterferien krank wurde, passte ihm nicht ins Konzept. Aber was konnte man dagegen tun?

So hatte Horst Gonser viel Zeit für sich und seine Probleme und er versuchte Ordnung in seine Gedanken zu bringen. Was wollte der Briefschreiber? Oder war es eine Briefschreiberin? Paola? Was sollte das? Warum hatte man ihm das Bild geschickt? Das war doch eine glatte Drohung. „Komme ja nicht auf die Idee, dich zu widersetzen. Ich habe dich in der Hand!" Das war doch die Botschaft dieses Bildes.

Ja, das war es wohl. Man wollte ihn erpressen. Man wollte vermutlich Geld. Viel Geld. Vermutlich doch Paola. Weiß der Geier, wie sie seinen Namen, seinen Beruf und seine Adresse herausgebracht hatte. Sie und vielleicht ihre Hintermänner. Sie musste wohl Helfer gehabt haben. Wie wäre sie sonst zu dem Bild gekommen? Sie hatte ja nicht den Akt unterbrochen um zu sagen: „Entschuldige, Schatz, darf ich mal kurz die Kamera einschalten?" Er hatte in dem Raum ohnehin keine Kamera gesehen. Aber das besagte nichts. Er war viel zu aufgeregt gewesen, um überhaupt alles zu registrieren, was da in dem Raum war. Jedenfalls hatte sie ihn in der Falle. Ein verheirateter evangelischer Pfarrer bei einem heißen Liebesakt in einem Puff von St. Pauli! Wen konnte man überhaupt erpressen, wenn nicht so einen wie ihn? „Ich elender Trottel!" stöhnte er und schlug sich mit den Knöcheln der rechten Hand auf seine Stirn, dass es schmerzte.

Andererseits – ergab das einen Sinn? Dieses ganze „horizontale Gewerbe" funktionierte doch nur dann richtig, wenn die Diskretion gewahrt blieb. Er war garantiert nicht der erste Pfarrer in einem Bordell. Warum sollte man ausgerechnet ihn erpressen? Der Rubel rollte doch dann am besten, wenn die Kunden zufrieden waren und in Scharen wiederkamen. Man schlägt nicht die Hand, die einen bezahlt. In dem Brief wurde ja auch keine finanzielle Forderung erhoben.

Und Paola als Erpresserin? Das passte nicht in das Bild, das er damals im Februar von ihr gewonnen hatte. Sicher, was wusste er schon von ihr? Was wusste er überhaupt von den Frauen und Mädchen, die in den entsprechenden Vierteln der Städte ihrem Gewerbe nachgingen? Eigentlich nichts. Aber Paola hatte eine Ausstrahlung, die ihn angesprochen hatte. Sonst hätte er sich ja nicht derart auf sie eingelassen. Er musste sich eingestehen, dass er in einem Winkel seines Herzens noch immer etwas für sie empfand. Natürlich, bald nach ihrer Begegnung war er in eine heftige Krise geraten, aber Wut und Scham empfand er gegen sich selbst, nicht gegen sie. Sie hatte nur getan, wofür sie bezahlt wurde, und er hatte sie bezahlt.

Wie war er eigentlich in diese Geschichte hineingeraten? Wie war es möglich gewesen, dass er sich derart gehen lassen konnte? Auf einem seiner Spaziergänge im Burgheimer Wald versuchte er die Ereignisse zu rekonstruieren. Er musste sich und sein Verhalten analysieren, wenn er mit sich selbst klarkommen wollte. Davon war er überzeugt.

Irgendwann im letzten Jahr hatte er in einer Zeitschrift von dieser Seminarreihe in Hamburg gelesen. Sie sollte in einer kirchlichen Tagungsstätte in einem der Hamburger Elbvororte stattfinden. Das Thema reizte ihn, der Veranstaltungsort mindestens genauso. Er kannte Hamburg und Norddeutschland nicht. Bei seiner Kirchenleitung in Stuttgart hatte er angefragt, ob er sich die Teilnahme als Fortbildung anrechnen lassen könnte. Das wurde ihm natürlich zunächst verweigert, wie er beinahe schon vermutet hatte. Aber Horst Gonser konnte stur sein, wenn er wollte. Nach einigen Briefen und Telefonaten mit Stuttgart und Hamburg hatte er, was er wollte.

An einem Montagnachmittag im Februar war er in Hamburg angekommen. Die Eröffnungsveranstaltung versprach interessante nächste Tage. Er war der einzige Süddeutsche unter allen Teilnehmern. Man hatte danach noch einige Zeit bei einem Bier zusammen gesessen. Obwohl er müde war, mochte er noch nicht gleich ins Bett gehen. Es war nicht weit zum Elbufer. So machte er sich auf den Weg an alten Bäumen vorbei, ging über den feinen Sand am Elbufer bis zum Rand des Stromes und genoss die Stimmung. Es war kalt. Im Mondlicht sah er den Hauch vor seinem Mund. Er sah die Blinkfeuer der Leuchttürme auf beiden Seiten des Flusses. Es war auflaufendes Wasser und so sah es aus, als ob die Elbe flussaufwärts fließe. Er staunte über ein riesiges Containerschiff, das sich langsam Richtung Hafen schob. „Horst Gonser", sagte er in diesem Augenblick zu sich selbst, „versprich mir, dass du diese Woche genießen wirst."

Der nächste Abend war in seinen Augen einfach großartig. Das Seminar war zwar recht anstrengend, aber die Abende waren frei. Einige der Teilnehmer, die Hamburg kannten, hatten ihn in die Innenstadt mitgenommen. Nichts gegen Burgheim, aber diese Stadt war einfach toll! Die stattlichen Häuser um die Binnenalster, die Lichtreflexionen auf dem Wasser, die angestrahlten Türme der Hamburger Hauptkirchen: Er sog alle Eindrücke in sich auf wie ein trockener Schwamm das Wasser. Krönender Abschluss des Abends war eine Runde Pils auf dem Heinrich-Hertz-Turm. Gonser fühlte sich frei und unbeschwert wie schon lange nicht mehr.

Der nächste Tag hatte einen Wetterwechsel mit sich gebracht. Ein Tiefdruckgebiet brachte nicht nur mildere Luft mit einem Hauch von Frühling, sondern auch Nieselregen. Die anderen wollten an diesem Abend reden oder Skat spielen, so war er allein in die S-Bahn gestiegen und in die Innenstadt gefahren. Er stellte fest, dass zumindest an einem solchen Abend in der Innenstadt auch nicht viel mehr los war als an einem Abend in Burgheim. So stieg er am Rathaus in eine U-Bahn und fuhr bis zur Haltestelle Baumwall am Hafen. Er zog die Kapuze seines Parkas hoch und ging langsam am Hafen entlang. Die Elbe hatte es ihm angetan. Auf dem Wasser schaukelten die Schlepper, die auf ihren nächsten Einsatz warteten, und die Barkassen, die tagsüber die Touristen durch den Hafen und die Speicherstadt schipperten. Auf der anderen Seite des Flusses lag hell erleuchtet ein großes Schiff in einem Dock. Er ging bis zur Haltestelle Landungsbrücken. Sollte er jetzt wieder in sein Tagungsheim fahren? Er sah auf die Uhr. Nein, der Abend war noch zu jung, um ihn in einem kleinen Zimmer zu verbringen. Er ging eine Straße hoch in Richtung auf das große Bismarck-Denkmal und stellte fest, dass es am Anfang der Reeperbahn stand. Ein Hamburgbesuch, ohne die Reeperbahn gesehen zu haben? Unmöglich! Der Regen hatte nachgelassen. Er klappte seine Kapuze herunter und machte sich auf den Weg.

Er kam am Operettenhaus vorbei, wo seit Jahren jeden Abend dasselbe Musical gespielt wurde, sah in die Fenster des Wachsfigurenkabinetts und stand schließlich vor dem Eingang einer Polizeiwache. Obwohl er noch nie in Hamburg gewesen war, erkannte er sie sofort: das war die berühmte Davidwache. In Filmen und auf Fotos hatte er sie schon gesehen. Er wollte eben weitergehen, als die Ampel für ihn auf Rot sprang. So hatte er genug Zeit, um auf der anderen Seite der Straße einige junge Frauen in sehr auffallender Kleidung zu beobachten. Er sah sie der Reihe nach an. Das hätte er besser wohl nicht getan, denn kaum hatte er die Straße überquert, kam eine Kleinere auf ihn zu und hielt ihn am Arm fest. „He, Süßer, komm mit. Ich will Sex mit dir haben." Ihre Direktheit verblüffte und ärgerte ihn, aber er wollte nicht unhöflich sein. „Nein, vielen Dank!" sagte er abwehrend. „Mutti erlaubt's wohl nicht", spottete sie. Gonser hörte das Gelächter mehrerer Frauen hinter sich.

Er atmete tief durch und hatte sich dann schon wieder gefasst. Ein Lied von Hans Albers fiel ihm ein: „Auf der Reeperbahn nachts um halb eins, ob du ein Mädel hast oder hast keins." Nein, die musste es nun wirklich nicht sein. Er lachte und ging weiter. Aber er staunte schon, wie schnell er in irgendeinem Bett hätte landen können, wenn er nur gewollt hätte.

Sex war ein Riesengeschäft, wie er unschwer auf seinem Gang feststellen konnte. Auf der gegenüberliegenden Straßenseite erblickte er ein Sexkaufhaus. Er wechselte die Straßenseite und sah sich die Schaufenster an. Manches amüsierte ihn eher, als dass es ihn schockiert hätte. Aber die käuflichen Geschlechtsteile aus Gummi und die Gummipuppen stimmten ihn traurig. Man musste doch sehr einsam sein, wenn man sich damit vergnügte.

Hier begegnete ihm eine Welt, die nicht die seine war. Aber sie machte ihn auch neugierig. Bei Karin hatte sich einmal eine Frau ausgeweint, deren Mann ein heftiger Konsument von Pornographie war. Seine Filme seien ihm wichtiger als sie, hatte sie geklagt. Er konnte sich das damals nicht richtig vorstellen. Ein richtiger Mensch aus Fleisch und Blut war doch etwas anderes als ein paar bewegte Bilder. Doch womöglich war er in dieser Hinsicht einfach zu naiv.

Er beschloss, seine Bildungslücke wenigstens ein wenig zu verkleinern. Zögernd betrat er eines der vielen Studios, wo eine Videokabine nach der anderen aufgereiht war. Vorsichtig sah er sich noch einmal um. Man stelle sich vor, plötzlich wären

Burgheimer Touristen aufgetaucht: „Jetzt gucket amol do na! Wo goht au onser Pfarrer na?" Nicht auszudenken!

Er machte die Tür einer Kabine hinter sich zu. Es war heiß und der Gestank von Zigaretten biss in seine Nase. Er holte drei Euro aus seinem Geldbeutel und steckte sie in den Automaten. Sofort belebte sich der Bildschirm vor ihm. Was er sah, gefiel ihm nicht. Konnte man nichts anderes anschauen? Da entdeckte er die Umschalttasten in der Armlehne seines Sitzes. Langsam zappte er sich durch über 100 Programme. Die drei Euro reichten nicht. Gierig zog der Automat den Zehneuroschein ein, den er einschob.

Endlich war auch dieses Geld aufgebraucht. Schwitzend erhob sich Horst Gonser und atmete draußen tief ein. Jetzt brauchte er dringend eine Erholung. In einer Eckkneipe bestellte er ein Bier und eine Pizzaschnitte. Hoffentlich war deren Qualität nicht so mies wie die der Videofilme. Aber das Pils war wunderbar kühl und die Pizza schmeckte prima. Also, Karin, bei uns geht es doch ruhiger zu, dachte er in einem Anflug von Ironie. Was er gesehen hatte, nein – er hatte bisher davon nichts vermisst. Manche Filme waren einfach nur blöde, anderes, was er gesehen hatte, fand er ekelhaft; nur wenige Bilder hatten ihn angesprochen. Aber diese wenigen Bilder hinterließen doch einen gewissen Eindruck und eine gewisse Erregung. Horst Gonser gestand sich das ehrlich ein.

Ein Blick auf die Armbanduhr. Wenn er morgen fit sein wollte, wäre jetzt durchaus die Fahrt mit der S-Bahn einige Stationen elbabwärts zu seiner Tagungsstätte angebracht, aber er mochte nicht. Es war ein verrückter Abend. Die milde Luft, die schrägen Erlebnisse und ein Gefühl von Freiheit schufen eine Mischung aus Abenteuerlust und Euphorie. Wenigstens eine gute halbe Stunde wollte er sich noch gönnen.

Er verließ das Lokal. Auf dem Gehweg saßen trotz der Feuchtigkeit einige jämmerliche, bedauernswerte Gestalten. „Eh, Meister, haste mal 'ne Mark?" – „Das heißt Euro, du Trottel!“, grölte eine andere Stimme. Gonser griff in seine Tasche und fand ein Zweieurostück. „Danke, Meister, schönen Abend noch.” Es bewegte ihn, wie dicht in dieser Stadt Luxus und Elend beisammen waren.

Und dann kam der Ort, der so viel Unruhe in sein Leben bringen sollte! Äußerlich unterschied sich das Haus nicht von den anderen, aber über der Tür stand in bunten Neon-Buchstaben *Live-Show*. Was hatte das zu bedeuten?

Er blieb stehen und lugte durch den Eingang. Da saß ein junger Mann hinter einem Tresen, ansonsten lauter Türen, ähnlich wie bei den Video-Shows. Gonser bekam mit, dass man drei Euro in einen Automaten am Türgriff einwerfen musste, um eintreten zu können. Er zögerte. Sollte er das noch ausprobieren? Wahrscheinlich betrat man dann auch wieder einen engen Raum und lugte durch einen Spalt auf eine Frau aus Fleisch und Blut, schließlich es hieß ja „Live-Show”. Besser als diese albernen Videos war das allemal. Aber sollte er wirklich? Er spürte Hemmungen. „Mut, Horst, man muss alles mal gesehen haben”, sagte er sich, trat ein, wechselte einen Schein an einem Wechselautomaten, steckte drei Euro in den Schlitz und öffnete die Tür.

Im selben Augenblick erschrak er. Er stand keineswegs vor Blicken geschützt in einem engen Raum, sondern unmittelbar vor einer etwa einen Meter hohen Bühne, von der ihn nur bis etwa knapp zu seiner Brusthöhe eine Wand aus Plexiglas trennte. Er versuchte sich von dem Schrecken zu erholen, als eine junge nackte Frau kurz zu ihm kam und ihn ansprach: „Einen Augenblick noch, ich bin gleich bei dir.” Horst Gonser schluckte. Auf was hatte er sich da eingelassen?

Dann kam sie. Sie war völlig nackt und fing an sich vor ihm zu bewegen. Freundlich lächelte sie ihn an. „Hallo und guten Abend, ich heiße Paola.” Und nach einer kurzen Pause: „Wie heißt du?”

„Horst”, hüstelte er in äußerster Verlegenheit.

Mit tänzerischen Bewegungen nahm sie die Bühne vor ihm ein. Er starrte sie gebannt an. Sie sah ohne jeden Zweifel gut aus.

„Bist du aus Hamburg?"

Er schüttelte den Kopf. „Nein, aus Baden-Württemberg."

„Bist du zum ersten Mal hier?" Er nickte.

Sie hatte einen natürlichen Charme und die Art und Weise, wie sie die Unterhaltung führte mit einigen spaßhaften Bemerkungen und harmlosen Fragen, nahm ihm allmählich seine Befangenheit.

„Ich will dir mal kurz erklären, wie das hier geht", sagte sie schließlich, ohne ihren Tanz zu unterbrechen. „Wenn du willst, tanze ich noch mehr für dich. Du gehst da vorn zu dem Typ hinter dem Tresen, gibst ihm fünf Euro und sagst ihm, dass du zu mir möchtest. Dann kannst du in einen Raum am Ende dieses Ganges. Dort sind wir beide ganz allein. Du gibst mir 15 Euro und ich tanze für dich und zeige dir dabei noch viel mehr als jetzt. Du kannst mir auch mehr geben und wir machen dann auch mehr. Aber 15 Euro sind der Mindestpreis. Was wir dann zusammen machen, ist eine Frage, wie viel du ausgeben willst. Alles klar, Horst?"

Er nickte.

„Gefalle ich dir?" fragte sie ihn lächelnd.

„Ja, sehr", sagte er und spürte, wie trocken sein Mund war.

„Deine Zeit ist um, Schatz", sagte sie, „vielleicht sehen wir uns noch mal? Tschüss und noch viel Spaß!"

„Tschüss, Paola", sagte er, enttäuscht, dass die Zeit schon vorbei war.

Draußen auf der Straße blieb er stehen. Uff, das war völlig anders, als er erwartet hatte. Dieser direkte Kontakt! Das hatte ihn zuerst aus der Fassung gebracht. Aber sie war hübsch, hatte eine tadellose Figur, wie Karin sie nicht einmal vor fünfzehn Jahren gehabt hatte, und ihre Art zu sprechen hatte nichts von einer billigen oder gar ordinären Anbiederung. Wie abstoßend und stumpf waren die Anzeigen der 0190-Nummern spät abends im Privatfernsehen. „Ruf mich an!" Diese Anmache mit den miesen Bildern dazu hatte ihn immer abgestoßen. Unvorstellbar für ihn, dass es Männer gab, die riesige Summen in diese Telefonnummern investierten. Die Frauen in den Fernsehanzeigen waren ordinär und albern. Von ihnen ging keine Verführung aus. Paola dagegen war charmant und hatte sich so gegeben, als sei es die selbstverständlichste Sache der Welt, dass eine Frau splitterfasernackt vor einem wildfremden Mann tanzt. Sie hatte die unsichtbare Mauer seiner ganzen Verlegenheit in wenigen Augenblicken zum Einsturz gebracht.

„Donnerwetter", sagte er halblaut und setzte sich langsam wieder in Bewegung. Er ging die Reeperbahn wieder zurück zu ihrem Anfang, hatte jetzt aber keinen Blick mehr für die bunten Reklamen, die Spielhallen, Kneipen und Pornotempel. Wenn er jetzt die Straße nach rechts wieder hinunterging, kam er zur Haltestelle „Landungsbrücken", wo seine S-Bahn abfuhr. Aber er ging nicht.

Nach kurzem Zögern drehte er um und betrat wieder das Gebäude, wo er Paola kennen gelernt hatte. Er ging zum Tresen, sah in einem Schaukasten ein paar Fotos: *Unsere Mädchen heute Abend,* legte fünf Euro auf den Zahlteller und sagte: „Ich will Paola sehen."

„Siehst du die Tür dahinten? Da gehst du rein und wartest auf sie", wurde ihm beschieden.

Er betrat einen Raum, wo eine kleine Bühne und ein riesiger Ledersessel seinen Blick gefangen nahmen. Er nahm Platz. „Bitte Paola nach hinten!" hörte er eine Lautsprecherstimme. Wenige Augenblicke später kam sie.

„Hallo, du wieder? Hab ich dir gefallen? Was soll ich für dich tun?" Wortlos gab er ihr 15 Euro. „Ich soll für dich tanzen? Klar, mach ich doch gern."

Sie begann sich auf der Bühne zu bewegen, aber ihre Bewegungen waren diesmal wilder, obszöner, berauschender.

„Gefalle ich dir?" fragte sie wieder.

„Ja", sagte er heiser.

„Und was gefällt dir besonders?" fragte sie kokett.

Er machte ihr Komplimente über ihre Brüste mit den markanten Brustwarzen. Sie lächelte, als sie es hörte. „Ja, mir gefällt das auch", antwortete sie selbstbewusst.

„Wie lange hast du noch Dienst?" fragte er, um seine Erregung und seine gleichzeitige Verlegenheit in den Griff zu bekommen.

„Bis sechs Uhr", sagte sie, als ob es gar nichts wäre.

Er erschrak etwas. Ein so langer Dienst! Das war eine harte Sache. Es war jetzt noch nicht einmal Mitternacht. „Ruh dich morgen gut aus", sagte er fürsorglich. Wieder lächelte sie, und er wusste nicht, ob sie sich über ihn freute oder ihn auslachte.

„Deine Zeit ist um", sagte sie nach einer Weile, „vielleicht kommst du mal wieder und traust dich dann mehr."

Nach diesem Erlebnis ging er rasch zu seiner S-Bahn, aber es fiel ihm schwer, in den Schlaf zu finden, als er schließlich in seinem Zimmer war.

Auch am nächsten Tag war er noch durcheinander. Er schweifte mit seinen Gedanken öfters ab. In ihm kämpfte der Wunsch, Paola wiederzusehen und die eigenartige Atmosphäre des gestrigen Abends noch einmal zu erleben, gegen den Gedanken, dass das für einen verheirateten Pfarrer wohl kaum die richtige Art war, seinen freien Abend zu verbringen. Es war nur gut, dass die Seminargruppe einen gemeinsamen Abend verabredete, denn am nächsten Vormittag um 11 Uhr sollte das Seminar beendet werden. Das würde ihm helfen, schön brav und vernünftig zu bleiben.

„Ich bin ein Schwächling!" rief Horst Gonser laut und war im selben Moment froh, dass er im Burgheimer Wald war, wo ihn niemand hörte. Er erreichte eine kleine Anhöhe, die er sehr mochte. Von dort hatte man einen guten Blick. Wenn er einen schwierigen Predigttext meditieren wollte, kam er gern hierher.

„O Gott, hilf mir, aus dieser Geschichte heil rauszukommen", betete er leise und setzte sich auf die alte Bank, die schon manchen Gedanken von ihm mitbekommen hatte.

An jenem Donnerstagabend im Februar hatte er sich zu den anderen gesetzt, aber je weiter die Zeiger seiner Uhr wanderten, umso unruhiger war er geworden. Schließlich hatte er es nicht mehr ausgehalten und war aufgestanden.

„Und dann bist du Esel zur S-Bahn gelaufen. Du konntest es ja nicht lassen", beschimpfte er sich selbst. Er erinnerte sich an den inneren Kampf, den er mit sich führte, während er die Reeperbahn entlang ging. Zunächst war er an dem Gebäude vorbeigegangen, aber dann hatte er kehrt gemacht. Er konnte dem inneren Zwang nicht widerstehen.

„Ich will zu Paola", sagte er zu dem Mann, der am Eingang hinter dem Tresen saß.

„Wenn du eine Viertelstunde warten willst, ist das kein Problem." Eine Viertelstunde, in der er hätte weggehen können. Aber er hatte gewartet.

„Okay, du kannst jetzt nach hinten gehen. Viel Vergnügen!"

Paola machte einen müderen Eindruck als gestern. „Hallo, du willst Spaß haben. Da bist du bei mir goldrichtig. Ich heiße Paola, und du?"

Er war ein wenig enttäuscht. „Ich bin Horst. Ich war gestern schon mal bei dir."

„Klar doch! Entschuldige bitte. Weißt du, es ist hier manchmal ziemlich viel los. Okay, auf was hast du Lust?"

Er gab ihr 15 Euro und ließ sie tanzen. Sie fing wieder an, sich mit ihm zu unterhalten, und er spürte Minute um Minute, wie sie ihn allmählich verzauberte. Eine Frau mit einem perfekten Körper zeigte sich ihm von allen Seiten! Viel zu schnell ging die Zeit vorüber.

„Tja, Horst, schön, dass du mich besucht hast. Ich glaube, du bist der schüchterne Typ. Aber du bist ganz nett!"

Da hatte er in die Tasche seines Jacketts gegriffen und ihr 100 Euro gegeben.

Sie sah ihn überrascht an. „Hei, schön, dass du bleibst! Komm, jetzt machen wir es uns richtig gemütlich!" Mit wenigen Handgriffen klappte sie den riesigen Lesersessel auf. Sie nahm ihm das Jackett ab und fing an, sein Hemd aufzuknöpfen.

Er bekam feuchte Hände. Er hatte einen schlechten Geschmack im Mund. „Entschuldige, Paola, kann man sich her etwas frisch machen?"

An dieser Stelle seiner Erinnerung sprang Horst Gonser erregt von der Bank auf. Moment mal! Wie war das gewesen?

Eigentlich sei das jetzt nicht vorgesehen, hatte sie ihm gesagt. Aber dann hatte sie den Vorhang, der eine Wand des Raumes bedeckte, zur Seite geschoben, eine Tür dahinter geöffnet und ihm den Weg gezeigt. Er solle sich beeilen. Es ginge von ihrer Zeit ab. Natürlich! In der vorderen kleinen Tasche seines Jacketts hatte er immer ein paar Visitenkarten stecken. Die musste sie entdeckt haben. Er hatte sich nur die Hände gewaschen und den Mund ausgespült. Aber die Zeit hatte wohl gereicht, um ihm die Falle zu stellen, in die er jetzt jämmerlich getappt war. Paola, dieses Luder! Oder hatte sie seine Visitenkarte noch jemand anderem gegeben?

Gonser fühlte sich niedergeschlagen. Damit hatte sie ihn in der Hand, was immer sie auch beabsichtigte. Er war der Situation nicht gewachsen. Es konnte nur in einer Katastrophe enden.

Die Buße

Am Ende seines nächsten Sonntagsgottesdienstes ließ Pastor Brunkhorst zwei Ehepaare von ihrer USA-Reise berichten. Die Gemeinde mochte solche Berichte, verbreiteten sie doch einen Hauch von Globalität in der schwäbischen Provinzstadt, und es stimmt ja auch: Wenn einer eine Reise tut, so kann er was erzählen.

Die zwei Ehepaare hatten mehrere Wochen lang verschiedene Gemeinden besucht und schilderten mit leuchtenden Augen ihre Eindrücke. Klaus Brunkhorst hörte solche Berichte stets mit gemischten Gefühlen. Einerseits waren sie interessant und man konnte manches von ihnen lernen. Auch motivierten sie seine Gemeindeglieder zu neuer Aktivität. Andererseits lösten solche Berichte bei manchen Leuten sehnsuchtsvolle Gefühle aus. Die eigene Gemeinde, das eigene Land erschienen im Licht begeisterter Reiseberichte plötzlich eng und rückschrittlich. Ach, wenn man doch in den USA, in Argentinien oder in Korea leben würde, wie großartig könnte man da Christ sein! Aber hier in Deutschland ... Also – so die naheliegende Schlussfolgerung einiger eifriger Christen – musste man alle Hebel in Bewegung setzen, um amerikanische, argentinische oder koreanische Verhältnisse hier zu schaffen.

Brunkhorst war ein nüchterner Mann. Er bemühte sich, auf dem Laufenden zu bleiben, die Entwicklungen der Christenheit weltweit zu verfolgen und von ihnen zu lernen. Er war ehrlich beeindruckt von den Erfolgen der Christen in manchen Teilen der Welt, von ihrer Begeisterungsfähigkeit, ihrer Hingabe, ihrer Leidensbereitschaft. Aber Deutschland war nun einmal Deutschland. Deutschland war geistlich träge geworden. Oder es hatte den Glauben verloren bzw. es trank aus trüben Quellen. Es half nichts, von anderen Ländern zu träumen. Unter den gegebenen Bedingungen galt es zu kämpfen und die kleinen Erfolge nicht zu verachten. Vor allen Dingen hatte Brunkhorst teilweise unter Schmerzen lernen müssen, dass in Deutschland keineswegs und immer funktionieren musste, was als Konzept woanders hervorragend lief. Aber nach einem beeindruckenden Reisebericht oder auch nach einem großen Kongress war die Gemeinde für Brunkhorsts Bedenken erst einmal ein Weilchen unempfindlich.

In diesem Bericht ging es jedoch nicht um Konzeptionen missionarischen Gemeindeaufbaus oder um besondere Gottesdienstformen, es ging – so die beiden Ehepaare – um etwas geistlich Grundlegendes, was sie in den besuchten Gemeinden erlebt hatten und was in allen Teilen der Welt und unter allen Bedingungen gleichermaßen galt. „Solange wir nicht konsequent unsere Sünden bekennen und Buße tun, solange wir nicht bereit sind zu einem heiligen Leben, werden wir Gottes Wirken niemals in seiner Fülle erleben!" schloss Sabine Wittlinger ihren Bericht. Die Gemeinde applaudierte sichtlich beeindruckt. Wer hätte auch einem solchen Satz zu widersprechen gewagt?

Klaus Brunkhorst fühlte sich nicht wohl in seiner Haut. Nicht, dass er etwas gegen Umkehr und einen geheiligten Lebenswandel einzuwenden gehabt hätte oder gar gegen Gottes Wirken in seiner Fülle, aber in seiner Gemeinde widerstrebten ihm Sätze, die mit den Worten: „Solange wir nicht ..." begannen. Solche Sätze übten Druck auf die Menschen aus und, was noch schlimmer war, sie unterwarfen Gott ihrem frommen Diktat. Martina Brunkhorst, die ihren Mann kannte, warf ihm einen aufmunternden Blick zu, wusste sie doch, dass dieser Bericht die derzeitige Neigung der Gemeinde, eine „richtig fromme" Gemeinde zu werden, nur verstärken würde.

Einige Tage nach dem Gottesdienst machte ein Mitglied der Gemeinde eine geschäftliche Reise, zwar nicht in die USA, sondern nur bis Elmshorn, Brunkhorsts alter Heimat, aber die Folgen waren spürbar. So spürbar, dass Alfred Müller und Gottlieb Jenter, die zum Ältestenkreis der Gemeinde gehörten, ihrem Pastor eines Tages einen Besuch abstatteten.

Sie drucksten zuerst herum, bis sie zur Sache kamen. „Du, Klaus, sag mal, stimmt es, dass du mal im Gefängnis gesessen bist?"

Klaus Brunkhorst war verblüfft. Was sollte denn das? Er öffnete die Tür und rief seiner Frau. „Martina, war ich mal im Gefängnis?"

„Die letzten fünfundzwanzig jedenfalls Jahre nicht!" rief

Martina aus dem Badezimmer zurück, wo sie die Waschmaschine bestückte. „Warum fragst du?"

Brunkhorst wandte sich wieder seinen Besuchern zu. „Könnt ihr mir bitte mal erklären, was das zu bedeuten hat?"

„Na ja", räusperte sich Gottlieb Jenter, „in letzter Zeit laufen allerhand Gerüchte über dich durch die Gemeinde. Genauer gesagt über deine Vergangenheit. Du sollst dich geprügelt haben und ziemlich berüchtigt gewesen sein. Und jemand behauptete sogar, du seist straffällig geworden. In Elmshorn scheint dein Name jedenfalls recht bekannt zu sein."

„Also, nicht dass wir alles glauben, was da so geschwätzt wird", ergänzte Alfred Müller, „aber wir dachten, es sei jedenfalls besser, wenn du weißt, was so geredet wird. Irgendjemand in Elmshorn muss einem unserer Leute was erzählt haben. Du weißt ja, Gerüchte entwickeln ein Eigenleben."

In seinem früheren Beruf hatte Klaus Brunkhorst gelernt, sich den Problemen zu stellen. So wählte er für seine nächste Predigt einen Vers aus dem Brief des Apostels Paulus an die Römer aus: *Schon damals, als wir noch hilflos der Sünde ausgeliefert waren, ist Christus für uns gottlose Menschen gestorben.* Nach einigen allgemeinen Bemerkungen zum Text ging er in die Vollen.

„Liebe Gemeinde, mir ist zu Ohren gekommen, was über mich geredet wird. Ich soll ein Mensch mit einer dunklen Vergangenheit sein. Das ist gar nicht mal so falsch. Aber es stimmt nicht", und an dieser Stelle hörte man seiner Stimme die Erregung und Empörung an, „dass ich im Gefängnis war. Richtig ist, dass ich in einem Lokal mit einem Mann in Streit geriet und ihn niederschlug. Fragt mich bitte nicht nach dem Grund. Erstens ist das schon bald dreißig Jahre her und zweitens war ich zu diesem Zeitpunkt betrunken."

In einer Ecke des Gemeindesaales hörte man erregtes Getuschel.

Brunkhorst fuhr fort. „Ich bekam damals eine Anzeige wegen Körperverletzung, sicherlich zu Recht. Aber ich war nicht vorbestraft und darum fiel das Urteil sehr milde aus."

„Das interessiert uns nicht, Pastor", erhob sich eine Frauenstimme, es war Hermine Strohmüller, „aber wir erwarten, dass Sie darüber Buße tun!"

„Wie oft noch?" fragte Klaus Brunkhorst scharf. Er fing eine beschwörende Geste seiner Frau auf und dämpfte daraufhin seine Stimme.

„Liebe Gemeinde! Würdet ihr mir bitte glauben, dass mir die ganze Geschichte schon damals Leid getan hat. Ja, es stimmt, ich war als junger Mensch rebellisch und alles andere als brav. Aber ich habe mich damals bei demjenigen entschuldigt. Als ich Christ geworden bin, habe ich Jesus mein ganzes Leben hingehalten und ihn um Vergebung gebeten, auch für diese Sache."

„Aber wir erfahren jetzt, was Sie für ein Mensch gewesen sind und wer hier unser Pastor ist, darum wollen wir, dass Sie darüber Buße tun!" beharrte Hermine Strohmüller. Gegen diese Meinung erhob sich an anderer Stelle des Saales Protest.

„Liebe Schwestern und Brüder, wenn es euch eine Hilfe ist, sage ich noch einmal: Es tut mir aufrichtig Leid, damals einen Menschen niedergeschlagen zu haben. Aber" – und an dieser Stelle wurde Brunkhorst wieder etwas lauter und in seine Stimme kam eine gewisse Härte – „bisher bin ich davon ausgegangen, dass wirklich und endgültig vergeben ist, was Gott einem vergeben hat. Das ist jedenfalls biblische Lehre. Ich meinte bisher auch, dass ihr das wisst. Zweitens bitte ich euch auch inständigst, keine Gerüchte über andere, egal, ob über mich oder einen von euch, in die Welt zu setzen. Gerüchte zerstören Vertrauen und dienen so gut wie nie der Wahrheit. Und noch etwas: Wenn ihr ohne zwingende Notwendigkeit in der Vergangenheit anderer Menschen zu wühlen beginnt, um euch selbst eure Frömmigkeit zu beweisen, so werdet ihr dieses Spiel ohne mich spielen müssen, weil ich dann nicht mehr länger euer Pastor sein werde."

Dieser Disput wurde heftigst diskutiert. Einige Leute traten aus der Gemeinde aus, unter ihnen Hermine Strohmüller. Letzten Endes sei Pastor Brunkhorst nicht bußwillig und nehme die Sünde nicht richtig ernst. „Und", trumpfte Hermine Strohmüller auf, „ein Pastor, der Pfeife raucht und damit der Jugend ein so verheerendes Beispiel gibt, kann nicht die richtige geistliche Gesinnung haben."

Allerdings wurde ein Mann, ursprünglich Katholik, der an jenem Sonntag Gast gewesen war, daraufhin Gemeindeglied. Entscheidend war aber, dass sich der Ältestenkreis hinter seinen Pastor stellte und Brunkhorst den Rücken stärkte. „Mach dir aber bitte klar", bat ihn Renate Harsch, „dass deine herzhafte Art, Probleme zu diskutieren, nicht jedermanns Sache ist."

Das Thema Buße blieb Klaus Brunkhorst erhalten, doch erreichte es ihn zu seiner Überraschung von einer ganz anderen Seite: Eines Abends klingelte es an der Tür. „Kann ich dich unter vier Augen sprechen?" fragte ihn Horst Gonser. Brunkhorst war eigentlich hundemüde, aber er bat seinen Freund in sein Arbeitszimmer.

„Ich möchte beichten."

Das hatte Pastor Brunkhorst nicht erwartet. Unwillkürlich holte er Luft und zog die Schultern etwas hoch. „Na, dann schieß mal los!" erwiderte er etwas ungeschickt.

Leise und mit stockender Stimme beichtete Gonser seinen Ehebruch mit Paola. Er vermied es dabei, seinen Freund anzuschauen, denn er schämte sich entsetzlich. Er berichtete von den zwei Abenden, an denen er Paola gesehen hatte. Er schonte sich nicht und vermied jede beschönigende Beschreibung. Aber er verschwieg den Brief mit dem Foto. Er hatte lange überlegt, ob er auch das erzählen sollte. Doch dann hatte er sich anders entschieden. Er wollte den Ehebruch beichten, um endlich wieder inneren Frieden zu finden und die Gewissheit, dass Gott ihm vergab. Aber das andere, meinte er, müsse er allein erledigen, um seinen Freund nicht mit hineinzuziehen.

Als Horst Gonser geendet hatte, schwieg Klaus Brunkhorst

einige Sekunden. Er brauchte Zeit, um das Gehörte zu verarbeiten. Dann stellte er einige Fragen. Schließlich betete er mit seinem Freund und sprach ihm die Vergebung zu. Da lächelte Horst Gonser zum ersten Mal an diesem Abend.

Nachdem Gonser gegangen war, saß Klaus Brunkhorst eine Weile wie erschlagen in seinem Stuhl. Er verurteilte seinen Freund nicht. Er hatte genug erlebt um zu wissen, wie schnell ein Mann verführt werden konnte. „Horst, Horst", murmelte er, „wenn das jemals die falschen Leute rausbekommen sollten, bist du dran. Wenn sie mir heute schon Vorwürfe wegen eines Kinnhakens vor dreißig Jahren machen ... Junge, du hast dich wirklich dumm benommen. Du hast so eine nette Frau. Musstest du wirklich den Reizen einer öffentlichen Dame erliegen?"

Er merkte, dass er noch mit etwas anderem fertig werden musste. Horst hatte ihn kurzerhand zum Beichtvater gemacht. Irgendwie veränderte das ihre Beziehung. Darüber war er nicht glücklich. Aber dann fiel ihm ein, was sein Freund vor einiger Zeit geäußert hatte: „Wir müssten normaler mit der Sünde umgehen." Wenn dieser Satz richtig war (und Brunkhorst stimmte ihm grundsätzlich zu), dann hatte sein Freund christlich normal reagiert. Er war zu einer Person seines Vertrauens gegangen, um sein Gewissen zu erleichtern, ungeachtet aller Peinlichkeit eines solchen Geständnisses. Respekt, Horst Gonser, dachte Brunkhorst, zumindest das hast du richtig gemacht.

Ein Telefonanruf

Das Frühjahr war fortgeschritten. Die Tulpen in Roswitha Meierles Garten waren längst verblüht, andere Blumen hatten ihren Platz eingenommen. Als Horst Gonser eines Nachmittags von Besuchen in der Gemeinde zurückkam, stand ein prächtiger Strauß auf dem Tisch. „Frau Meierle hat ihn gebracht", berichtete Karin Gonser ihrem Mann. „Ich soll dir ausrichten, deine Predigten hätten an Tiefe gewonnen. Aber du seist in letzter Zeit so ernst und gelegentlich sehr zerstreut. Am vorletzten Sonntag hast du das Amen am Ende deiner Predigt vergessen, und am letzten Sonntag seist du sogar in unterschiedlichen Socken erschienen. Der eine schwarz und der andere dunkelrot, wie sie mir zu berichten wusste. Dabei hat sie mich so komisch angesehen. Zugegeben, mir ist das nicht aufgefallen. Wahrscheinlich erwartet sie, dass ich dir künftig deine Sachen zurechtlege. ‚Wissen Sie, Frau Pfarrer', sagte sie zu mir, ‚Männer sind unvollkommene Wesen. Man muss sie ständig im Auge behalten. Also bei meinem war das nötig!' Ich werde also künftig besser auf dich aufpassen."

Sie nahm ihn in den Arm. Er ließ es geschehen, obwohl er sich ertappt fühlte und die Berührung gern vermieden hätte. Er musste sich besser beherrschen, dachte er. Frau Meierle hatte Luchsaugen, aber vielleicht fiel auch anderen in der Gemeinde schon auf, dass er unter innerer Spannung stand.

„Horst", sagte sie zärtlich und küsste ihn auf die Wange, „wenn Frau Meierle schon merkt, dass du durch den Wind bist, dann weiß ich das schon lange. Ich habe mal versprochen, in guten und bösen Tagen für dich da zu sein. Willst du mir nicht endlich sagen, was dich quält? Du bist gereizt und launisch, leider auch zu den Kindern, du wirst schnell nervös und nachts schläfst du unruhig. Warum sagst du nicht einfach, was los ist?"

Er seufzte und schwieg. Dann streichelte er ihre Hand. „Ich weiß, dass ich in letzter Zeit sehr schwierig bin. Ich weiß auch nicht, wie ich dir das erklären soll." Er schwieg einen Moment lang. „Ich komme zur Zeit mit mir selber nicht klar. Ich finde mich selbst unausstehlich. Aber ich denke, das muss ich mit mir allein ausmachen."

„Also für eine Midlife-Crisis bist du mit 38 Jahren noch etwas zu jung", versuchte sie zu scherzen. „Außerdem halte ich es für Blödsinn, dass du alles mit dir allein ausmachen musst. Wozu bist du verheiratet?"

„Karin, ich liebe dich. Ich weiß deine Fürsorge zu schätzen.

Aber bitte lass mir Zeit. Vielleicht kann ich in einiger Zeit alles besser in Worte fassen als jetzt. Im Moment ist so vieles im Fluss. – Haben wir noch einen Kaffee?"

Sie seufzte und stand auf um Kaffee zu holen. „Frau Meierle hat untertrieben", rief sie ihrem Mann zu, „Männer sind nicht nur unvollkommene Wesen, sie sind auch schrecklich kompliziert. Wahrscheinlich würde manches klarer, wenn du einfach mal anfangen würdest darüber zu reden."

„Karin, du kennst doch den alten Feministinnenspruch: Als Gott den Mann schuf, übte sie nur."

Unwillkürlich musste sie lachen und er war froh, das Gespräch wieder in etwas leichtere Bahnen gelenkt zu haben.

Aber es stimmte alles, was seine Frau und die aufmerksame Kirchengemeinderätin beobachtet hatten. Vor allen in den letzten Tagen war seine Nervosität gewachsen. Nachdem er nichts Entsprechendes mehr mit der Post bekommen hatte, war in ihm zuerst die Hoffnung gekeimt, es könnte alles im Sande verlaufen. Eine trügerische Hoffnung! In der vergangenen Woche war wieder ein anonymer Brief gekommen. Wieder lag das gleiche Bild drin und wieder ein Zettel. *Lieber Herr Pfarrer Gonser! Wir sind sehr enttäuscht von Ihnen. Sie wissen doch, dass Sie erwartet werden! Warum waren Sie nicht schon längst da? Rufen Sie umgehend die folgende Nummer an. Reden Sie aber nur, wenn Ihre geschätzte Paola sich meldet. Es ist uns mit Ihrem Besuch sehr ernst!* Am unteren Rand des Zettels stand eine Hamburger Telefonnummer. Mit schrecklichem Herzklopfen hatte er – einen Tag später! – die Nummer angerufen, aber sofort wieder aufgelegt, als sich eine Männerstimme gemeldet hatte. Bei einem weiteren Versuch hatte sich überhaupt niemand gemeldet. Danach hatte er keinen weiteren Versuch mehr gewagt.

Bald schon würde Pfingsten sein. Kurz nach den Pfingstfeiertagen ging der zweite Teil der Seminarreihe in Hamburg wieder los. Er musste sich entscheiden, ob er Kontakt zu Paola aufnehmen und sie stellen wollte oder nicht. In einem Augenblick der Angst hatte er überlegt, ob er die Fahrt nach Hamburg nicht absagen sollte. Aber wie hätte er das erklären sollen, nachdem er einst so für seine Teilnahme gekämpft hatte? Er würde nicht nur Karin einige Fragen beantworten müssen. Außerdem – konnte er es tatsächlich riskieren, nur abzuwarten und nichts zu unternehmen? Wie es schien, war Paola jederzeit in der Lage, ihn unter Druck zu setzen. Sie musste doch hinter allem stecken. Oder zumindest musste sie wissen, wem sie seine Karte gegeben hatte. Er litt unter der Ungewissheit und schalt sich selbst einen Feigling, weil er weder den Mut aufbrachte, seiner Frau die Sache zu gestehen, noch bisher zu einer klaren Entscheidung wegen Hamburg gekommen war.

Doch schon der nächste Tag brachte eine neue Entwicklung. Als Pfarrer Gonser am folgenden Tag mit seiner Familie beim Essen saß und nachdem die Kinder ihre Erlebnisse erzählt hatten, sprach Karin ihn an:

„Du, Horst, eine gewisse Paola Sowieso rief an. Ob du ihre Taufurkunde vergessen hättest. Ihren Nachnamen habe ich nicht richtig verstanden. Sie sprach schnell und hat auch gleich wieder aufgelegt."

„Paola, Taufurkunde?" erschrak er. „Wieso ...? Ach so, nein, nein, ich werde mich darum kümmern."

Er riss sich zusammen, aber ihr war nicht entgangen, dass er bei ihrer doch harmlosen Frage zusammengezuckt war. Ein Flackern der Augen, eine unwillkürliche Bewegung, seine Unsicherheit bei seiner Antwort. Das war alles gewesen und doch war es genug, damit sie aufmerksam wurde.

„Wer ist denn diese Paola? Ich kenne gar niemanden, der so heißt."

Er winkte ab. „Ach, die hat hier früher mal gewohnt, bevor wir hergezogen sind", sagte er leichthin.

Jetzt lügt er, dachte sie. Ich bin fast sicher, dass er lügt. Horst, was verschweigst du mir? In ihr krampfte sich etwas zusammen.

An zwei Nachmittagen in der Woche arbeitete sie in einer Buchhandlung. Sie war froh, dass heute nicht viel Kundschaft kam, denn sie musste an ihren Mann denken, der ihr seit längerer Zeit immer wieder Anlass zur Besorgnis gab. Warum war er bei dem Namen Paola zusammengezuckt? War da was? Ging es da um mehr als nur um eine Taufurkunde? „Sei nicht albern", sagte sie zu sich selbst. Er war ja seit Wochen und Monaten so launisch und nervös. Vielleicht war er tatsächlich nur erschrocken, weil er vergessen hatte, den Taufschein zu schicken. Andererseits ...

Wann hatte denn das alles mit ihm angefangen? Seitdem sie in Burgheim lebten, war er doch richtig aufgeblüht. Sie hatte sich mit ihm gefreut.

„Hamburg!" murmelte sie in plötzlicher Erinnerung. Voller Vorfreude und Optimismus war er hingefahren. Aber wieder zu Hause, war er schwierig geworden, natürlich nicht immer. Manchmal bemühte er sich sehr um sie. Zu auffällig vielleicht? Dann konnte er wieder abweisend sein. Ob er diese Paola in Hamburg kennen gelernt hatte? Karin hatte nur kurz mit ihr am Telefon gesprochen. Ihrer Sprache nach war sie jedenfalls nicht aus dem Südwesten Deutschlands. Andererseits besagte das noch gar nichts.

„Karin Gonser", redete sie sich selbst ins Gewissen, „weißt du, was du da gerade machst? Du verdächtigst deinen Mann, dass er eine andere hat. Schäm dich!"

Aber das half nicht gegen diese Gedanken. Vor einiger Zeit, als sie bei Brunkhorsts saßen, war ihr ein Satz aufgefallen. Was hatte er gesagt? Man müsse normaler mit der Sünde umgehen, oder so ähnlich.

Wenn es da irgendwo in Hamburg „eine Sünde" namens Paola gab, dann wäre seine ganze Unausgeglichenheit Ausdruck seines schlechten Gewissens. Tatsächlich würde das vieles erklären: seine Launen, seine auffallenden Annäherungen und seine Distanz. Er war nicht der leichtfertige Typ Mann, der sich ein Verhältnis zulegt, ohne dabei ein schlechtes Gewissen zu haben. Dessen war sie sich sicher. Sie kannte ihn lange genug.

Was war das dann für ein Verhältnis? Eine Zufallsbekanntschaft? Eine neue Liebe? Würde er sie wegen dieser Paola verlassen? Kaum, das würde sein Verantwortungsgefühl als Familienvater nicht zulassen. Außerdem brächte das erhebliche berufliche Probleme für ihn als Pfarrer mit sich. Doch konnte sie sicher sein, dass er immer bei ihr bleiben würde? Jeden Tag scheiterten doch Ehen und langjährige Beziehungen, auch Pfarrerehen.

Je länger sie daran herumgrübelte, desto mehr geriet sie in ein Wechselbad der Gefühle. Was hat diese Paola, was ich nicht habe? dachte sie wütend. Männer sind unvollkommene Wesen. Man muss sie ständig im Auge behalten. Roswitha Meierle hat Recht. Womöglich musste sie bei ihrem verstorbenen Mann auch auf noch mehr achten als nur darauf, dass er seine Krawatten nicht bekleckerte. Männer! Warum können sie nicht treu sein?

Dann rutschte sie in eine tiefe Niedergeschlagenheit. War ihre Ehe so schlecht, dass er unbedingt eine andere Frau brauchte? Sie hatte immer gemeint, dass sie eine gute Ehe führen würden. Das stimmte ja auch. Oder doch nicht? Die Leidenschaft früherer Jahre war natürlich nicht mehr so da. Sie waren jetzt 15 Jahre verheiratet und hatten zwei Kinder, Anna war beinahe zwölf Jahre alt, Torsten gerade neun. Die verlangten ihr Recht. Und Horst war Gemeindepfarrer. Das konnte ein Knochenjob sein: fünfzig, sechzig Stunden Arbeit in der Woche, manchmal sogar noch mehr. Der freie Tag pro Woche, der einem Pfarrer zustand? Oft genug ein schlechter Witz. Die meisten Leute hatten keine Ahnung. Sie erwarteten nur, dass ihr Pfarrer funktionierte und – ja nicht zu vergessen! – die Pfarrfrau. Immer dienstbereit, immer für alles Verständnis haben, immer freundlich.

Das ging jetzt seit Jahren so. Es gab jeden Tag viel zu tun.

Oft, viel zu oft waren sie beide abends einfach zu müde, um gute Gespräche miteinander zu führen oder an die Leidenschaft früherer Tage anzuknüpfen. Ihr Zusammensein im Bett war meistens kurz – einfach aus Müdigkeit. Es war Alltag in ihrer Ehe, zu viel Alltag, zu viel Gewohnheit, zu viel Selbstverständlichkeit. Nun hatte sie Angst, dass nichts mehr selbstverständlich sein würde.

„Karin", beschwor sie sich selbst, „nimm dich zusammen. Du hast einen bösen Verdacht, aber du hast keinen einzigen Beweis. Pass auf, was du tust! Womöglich redest du dir das alles nur ein."

Am Abend hatten beide eine kleine Meinungsverschiedenheit. Sie schrie ihn an.

Er erschrak. „Was ist los?"

„Was los ist?" brüllte sie, „ich habe ganz einfach schlechte Laune. Warum sollst nur immer du deine Launen haben dürfen?" Sie stand auf und knallte die Tür hinter sich zu.

„Mama!" rief Anna hinter ihr her. Karin Gonser zeigte sich den ganzen Abend nicht mehr. Horst musste die Kinder allein ins Bett bringen.

Der nächste Tag brachte für ihn keine Entspannung. Er saß in seinem Arbeitszimmer, als Paola noch einmal anrief.

„Bist du allein im Raum? Gut. Was ist los mit dir? Ich warte ständig darauf, dass du dich meldest."

„Also steckst du dahinter! Paola, spinnst du? Was soll das mit dem Brief? Was willst du von mir?"

„Horst, hör zu ..."

„Du hast mir nicht geschrieben, was du von mir willst. Und wie stellst du dir vor, dass ich einfach zu dir komme? Soll ich etwa meiner Frau sagen, dass ich zu dir fahre? Was soll das Ganze?"

„Hör endlich zu! Du sollst mir helfen, Horst. Du bist doch Pastor. Darum musst du mir helfen."

„Helfen, wobei?" fragte er misstrauisch.

„Ich will hier weg, verstehst du? Raus aus dem Milieu!"

„Und warum gehst du dann nicht einfach? Wozu brauchst du mich, der ich am anderen Ende von Deutschland sitze?"

„Warum gehst du nicht einfach weg?" höhnte sie. „Horst, du bist ein Einfaltspinsel. Ich wäre längst draußen, wenn das so einfach wäre. Ich brauche dich, weil du am andern Ende von Deutschland auf deinem spießbürgerlichen Hintern sitzt."

„Hält man dich gefangen?"

„Quatsch, natürlich nicht. Aber sagen wir mal so: Man passt gut auf mich auf und ist sehr besorgt um mich. Darum sollst du mich ja mitnehmen und mit mir verschwinden."

Ihm schwindelte. Was entwickelte sich da?

„Was ist nun? Kommst du nach Hamburg oder nicht? Bitte, bitte, ich brauche dich! Ich will neu anfangen." Ihre Stimme klang flehend.

Er schwieg und schluckte.

„Vergiss nicht, Horst, ich kann das Foto von uns auch anderen Leuten schicken." Sie spielte ihre Macht aus und er wusste sich nicht zu wehren.

„In der nächsten Woche muss ich für ein paar Tage wieder nach Hamburg", gab er zu und bereute im selben Augenblick, das gesagt zu haben.

„Wunderbar! Du musst mich in der Show besuchen, so als ob nichts wäre. Dann besprechen wir die Einzelheiten." Sie fuhr mit veränderter Stimme fort: „Ach, Swetlana, mach dir nichts draus. Die Kerle sind alle gleich ... Was du nicht sagst!"

Er war verwirrt und brauchte einen Augenblick um zu begreifen, dass sie wohl eben gestört wurde.

Sie blieb bei ihrem Plauderton. „Swetlana, Kindchen, daran gewöhnst du dich schon ... Ja, ich hatte erst kürzlich so einen besoffenen Typen. Rolf hat ihn an die frische Luft gesetzt ... Horst, bist du noch dran? Ich muss gleich Schluss machen. Hör genau zu! Ich weiß noch nicht, welche Schicht ich nächste Woche zugeteilt bekomme. Versuch es nachmittags und abends.

Aber pass auf, dass du nicht auffällst. Du kommst mit dem Auto, ja?"

„Nein, mit dem Zug!"

„Nichts da, wir brauchen unbedingt ein Auto, hörst du?!"

„Paola, ich weiß nicht, wie ich ..."

„Mit einem Auto! Ich verlasse mich auf dich. Lass mich bitte nicht hängen. Tschüss!"

Er amtete tief durch und versuchte, seine Nerven zu behalten. Wie es schien, wollte sie tatsächlich seine Hilfe und es ging ihr nicht um Geld. Wenn sie denn die Wahrheit sagte ... Sie rausholen! Aber wie und vor allen Dingen: was dann? Und warum hatte er ihr so schnell gesagt, dass er nächste Woche wieder in Hamburg sein würde? Eine Prostituierte und seine eigene Angst waren die Kräfte, die ihn schoben. Er bestimmte sein Leben nicht mehr. Horst Gonser, ich finde dich zum Kotzen, dachte er.

Ein paar Tage später brachte ihn Karin zur Bahn. Er hatte ihr nicht gesagt, dass er nur eine einfache Fahrt gebucht hatte, weil er plante, in Hamburg ein Auto zu mieten. Hätte er darauf bestanden, das eigene Auto zu nehmen, hätte er nicht nur Karin einiges an Unbequemlichkeit zugemutet, sondern sich auch unerwünschten Fragen stellen müssen.

„Auf Wiedersehen, Karin!"

„Auf Wiedersehen, Horst!" Sie zögerte einen Moment, dann kam ihr der Satz über die Lippen, den sie nicht länger unterdrücken konnte: „Wirst du Paola wieder treffen?"

Er fuhr zusammen. „Spinnst du? Was soll das?" rief er wütend und stieg in den Zug, ohne sich noch einmal umzudrehen. So sah er nicht, wie ihr die Tränen herabliefen.

Nichts als Schwierigkeiten

Normalerweise genoss Horst Gonser lange Bahnfahrten. Es war eine entspannende Art zu reisen. Man konnte schauen, lesen oder auch schlafen, wenn man nicht zu empfindlich war. Aber auf dieser Fahrt gab es für ihn nichts zu genießen. Seine unruhigen Gedanken pendelten ständig zwischen Burgheim und Hamburg, zwischen Karin und Paola hin und her. Hatte Karin etwas herausbekommen? Hatte sie etwa die Briefe gesehen? Letzteres war jedoch äußerst unwahrscheinlich. Er hatte sie gut in seinem Schreibtisch versteckt und Karin war zum Glück nicht die Sorte Ehefrau, die in den Sachen ihres Mannes herumschnüffelt. Oder hatte sie doch? Er verwarf den Gedanken wieder. Aber dass sie mit ihrer letzten Frage den Nagel auf den Kopf getroffen hatte, beunruhigte ihn aufs Äußerste. Irgendwie musste sie einige Dinge in seinem Verhalten und Paolas Telefonanruf miteinander kombiniert und zwar richtig kombiniert haben. Das war schlimm! Wie sollte er ihr das erklären, wenn sie ihn in Hamburg anrief oder wenn er am Freitagabend wieder zu Hause sein würde?

Aber aktueller noch waren die Probleme, die in Hamburg auf ihn warten würden. Wie stellte sich Paola das vor? Wo sollte er mit ihr hin? Wenn man so gut auf sie Acht gab, wie sie gesagt hatte, was konnte er dann tun? Er hatte keine Vorstellung, wie er die anstehenden Probleme überwinden sollte.

Vielleicht sollte er zur Polizei gehen. Die ganze Geschichte erzählen und aus der Hand geben. Das könnte doch eine Lösung sein. Eine Hamburger Prostituierte aus dem Milieu zu befreien war doch eher Sache der Polizei als die eines schwäbischen Pfarrers. Aber auch diesen Gedanken verwarf er wieder. Dazu hätte er seine ganze Blamage offenbaren müssen. Wer weiß, in welche Verwicklungen er dann geriet. Nein, er war durch eigene Schuld in diese Sache geraten, nun musste er sie auch zu Ende bringen. Fragte sich nur, wie.

Auf dem Bahnhof Hamburg-Altona stieg er in die S-Bahn um. Als er schließlich mit seiner Reisetasche in der Hand das kirchliche Tagungsgebäude erreichte, stand Dr. Krogmann, der Seminar-Leiter, vor der Tür.

„Ah, Pastor Gonser, schön, dass Sie da sind! Ach, was sag ich denn da? Pfarrer Gonser, so muss ich Sie anreden! Hatten Sie eine gute Reise? Wie waren die Pfingstgottesdienste bei Ihnen? Bestimmt bei Ihnen im Süden sehr viel besser besucht als bei uns Nordlichtern."

Normalerweise antwortete Horst Gonser auf solche Vergleiche mit der spitzen Bemerkung, dass die württembergische Kirche auch schon bessere Tage gesehen habe, aber er war zu sehr mit sich selbst beschäftigt, als dass er schlagfertige Antworten hätte geben können.

„Na ja, es ging so", murmelte er und gab Dr. Krogmann die Hand.

„Sagen Sie mal, Herr Gonser", fuhr Dr. Krogmann fort, „das, was wir da in unserem Seminar im Laufe dieses Jahres entwickeln, müsste doch auch für die württembergische Kirche interessant sein, nicht wahr?"

„Das sollte man annehmen", gab Horst Gonser zu.

„Eben, das meine ich auch", sagte Dr. Krogmann und strich sich eine Haarsträhne aus der Stirn. „Ich hatte ja im Vorfeld schon Kontakt mit Württemberg aufgenommen (wie mit anderen Landeskirchen auch), aber ich bekam den Eindruck, dass meine württembergischen Kollegen mit anderen Dingen beschäftig waren."

Nun konnte Horst Gonser ein leichtes Lächeln doch nicht unterdrücken. „Das kann ich mir gut vorstellen", sagte er, „Württembergs Kirche hat eine Vorliebe für eigene Wege."

„Und darum braucht es dort unten einen Mann, der unser Projekt kennt und es bei den richtigen Stellen bekannt machen kann. Ich dachte da an Sie. Sie müssen sich auch nicht auf Württemberg beschränken. Baden, Hessen-Nassau oder die Pfalz sind von Ihnen auch nicht so weit entfernt. Vielleicht können wir heute Abend nach dem Abendbrot miteinander reden."

„Heute Abend?", zögerte Horst Gonser.

„Natürlich, wir haben doch Zeit. Sie werden sich doch nicht etwa Arbeit von zu Hause mitgebracht haben? Es wird sicher nicht so lange dauern. Und wenn Sie noch etwas vorhaben, Sie wissen doch: In Hamburg sind die Nächte lang." Er klopfte ihm jovial auf die Schulter und merkte nicht, wie Pfarrer Gonser leicht zusammenzuckte.

So war es doch reichlich spät, als Horst Gonser von der S-Bahn-Haltestelle Reeperbahn die Treppen auf die Straße hochstieg. Natürlich hatte das Gespräch mit Krogmann lange gedauert. Das war ja zu erwarten gewesen. Es war ihm schwer gefallen, bei den Ausführungen Krogmanns konzentriert zu bleiben. Aber Dr. Krogmann war viel zu eifrig bei seiner Sache gewesen, als dass ihm Gonsers Fahrigkeit aufgefallen wäre.

Horst Gonser zögerte, als er vor dem Gebäude mit der Live-Show stand, und sah sich mehrmals um, bevor er hineinging. Hinter dem Tresen saß wieder ein junger Mann. In den Kabinen war Betrieb, denn über etlichen Türen leuchtete ein rotes Licht.

Gonser holte tief Luft und sprach den jungen Mann an. „Hallo, ich möchte zu Paola."

„Paola?", fragte sein Gegenüber. „Hier ist keine Paola. Siehst du dort drüben den kleinen Schaukasten? Da sind die Bilder von den Mädchen, die heute Dienst tun. Such dir eine aus und sag mir Bescheid. Wenn du auf schwarze Haut stehst, empfehle ich dir Jackie. Die ist echt heiß."

„Ich will zu Paola", insistierte Horst Gonser auf seinen Wunsch.

„Mann, hörst du schlecht? Hier gibt es keine Paola. Außerdem, was soll's? Die eine ist so gut wie die andere."

„Ich muss aber zu Paola. Sie hat hier schon öfter gearbeitet.“ Als er den unwilligen Blick des jungen Mannes bemerkte, versuchte er zu lächeln. „Ich bin ein Fan von Paola.“

„Zum letzten Mal, Mann. Hier ist keine Paola. Hier wechseln die Mädchen ständig. Tun wir alles für die Kundschaft. Entweder du gehst jetzt rein oder du machst einen Abgang. Alles klar?“

Unverrichteter Dinge verließ Horst Gonser das Lokal, während ihm ein misstrauischer Blick folgte.

Als er draußen war, griff der junge Mann zu einem Telefonhörer. „Du, da war gerade so ein komischer Typ und fragte nach Paola. – Nichts ‚na und‘. Der war irgendwie komisch. Der wollte unbedingt zu Paola. Er sei ein Fan von ihr. – Nö, eine andere wollte er nicht. – Ob das ein Bulle war? Glaub ich nicht. Dafür war er zu nervös. – Du hast wohl Recht. Irgendein Spinner. Ich wollte es dir nur gesagt haben.“

Am nächsten Abend stand Horst Gonser wieder vor der Tür jenes Etablissements. Zu seiner Erleichterung saß eine andere Person hinter dem Tresen. Er hatte sich für diesen Fall eine bestimmte Taktik zurechtgelegt. Er betrat den Raum, ging zu dem Schaukasten und betrachtete die Fotos der Dienst habenden Mädchen eingehend. Dann ging er zu dem Mann.

„Guten Abend. Darf ich mal was fragen? Ich war Anfang des Jahres hier. Da hatten Sie hier ein ganz süßes Mädchen. So eine große Schlanke. Paola hieß die, glaub ich.“

„Jau“, grinste der Mann, „Paola hat Klasse. Die ist echt gut.“

„Stimmt! Und da dachte ich, wenn ich wieder mal nach Hamburg komme, schaue ich, ob ich sie wieder finde. Das war damals wirklich nett mit ihr. Arbeitet die nicht mehr hier?“

Der Mann gab bereitwillig Auskunft. „Doch, manchmal schon. Die Mädchen wechseln hier nur ziemlich häufig. Der Laden würde nicht so gut laufen, wenn wir immer nur dieselben Mädchen hier hätten. Und heute ist Paola leider nicht da. Aber die anderen sind auch nicht schlecht.“

„Das glaub ich Ihnen gern“, erwiderte Horst Gonser und versuchte seine aufkommende Unruhe zu bekämpfen. „Nur – ich würde wirklich gerne Paola ..., na ja, sie war irgendwie was Besonderes. Kann ich sie denn gar nicht mehr finden?“

„Wenn Sie Dienst hat, ist sie wahrscheinlich im Puff nebenan. Gehen Sie einfach rein und schauen Sie nach ihr.“

Horst Gonser schluckte. Dass die Geschichte auch so kompliziert werden würde! Er bemühte sich, seine Rolle gut weiterzuspielen. „Verzeihung, das ist mir etwas unangenehm. Ich wollte da eigentlich nicht rein. Können Sie sie nicht holen?“

Der Mann lachte. „Nö, Meister, das geht nicht. Ich kann hier nicht weg und wenn die dort Dienst hat, kann sie auch nicht weg. Wir haben hier auch unsere Arbeitsordnung, bloß ohne Gewerkschaft.“

Als er Gonsers enttäuschtes Gesicht sah, sprach er ihm tröstend zu. „Das ist doch gar nicht so kompliziert. Sie gehen da einfach rein und suchen sie auf den Etagen. Die Mädchen, die frei sind, stehen vor den Zimmern oder sitzen in ihren Zimmern bei offener Tür. Klar, die werden Sie anquatschen, aber Sie müssen zu keiner rein. Wenn Sie Paola nicht gleich finden, weil sie einen Freier hat, versuchen sie es eine Viertelstunde oder eine halbe Stunde später noch mal. Wenn Paola Dienst hat, dann werden Sie sie schon noch finden.“

„Sie haben mir sehr geholfen. Vielen Dank!“, sagte Horst Gonser.

„Da nicht für!“, sagte der Mann und zündete sich eine Zigarette an.

Horst Gonser ging an die frische Luft. Dort atmete er tief durch. Was gäbe er dafür, jetzt ohne diese Probleme irgendwo an der Alster oder an der Elbe spazieren gehen zu können. Er fühlte sich außerstande, gleich in das Bordell zu gehen. Zunächst brauchte er etwas Erholung. Er ging in eine Kneipe und trank einen Korn und ein Bier, doch seinen Mut steigerte das auch nicht.

Dann unter innerem Widerstreben und mit feuchten Handflächen betrat er das Haus, das auf mehreren Etagen den Kunden eine reiche Auswahl an Frauen bot. Zum Glück fand er Paola gleich in der zweiten Etage.

„Hallo, Paola!“, sagte er heiser.

„Hallo, Süßer“, sagte sie laut und zog ihn ins Zimmer, „bei mir bist du goldrichtig.“ Sie schloss die Tür.

„Uff, du warst wirklich schwer zu finden“, stöhnte er und setzte sich auf das Bett.

„Tut mir Leid, Horst, tut mir echt Leid. Ich habe alles versucht, meinen Dienst in der Live-Show zu bekommen, doch sie wollten es nicht. Irgendwie sind hier wohl ein paar Mädchen ausgefallen. Aber ich bin froh, dass du da bist.“ Sie lächelte ihn an.

Er erwiderte ihr Lächeln nicht und sah sie müde an. „Und was nun?“, fragte er.

„Wie lange bist du in Hamburg?“, fragte sie ihn.

„Wenn meine Frau nichts merken soll, muss ich am Freitagabend wieder zu Hause sein.“

Sie überlegte. „Gut. Heute ist Mittwoch. Ich müsste noch ein paar Dinge erledigen. Könntest du mich am frühen Freitagabend holen? Das wäre für mich am sichersten.“

„Das ist zu spät. Meine Frau ist ohnehin schon misstrauisch geworden. Ich erkläre dir später, warum das so ist.“

„Okay“, sagte sie entschlossen, „dann holst du mich morgen Abend um 18.00 Uhr an der Wohnung ab.“

„Mein Seminar geht aber bis Freitagmittag.“

Sie wurde ungeduldig. „Lass dir was einfallen. Ich muss vorsichtig sein. Keiner darf was merken. Ich werde gegen 18.00 Uhr das Haus verlassen, so als ob ich ganz normal zum Dienst gehen würde. Aber in der Nähe des Hauses stehst du. Steig aus und bleib am Wagen stehen, damit ich dich sehe. Ich werde bei dir einsteigen und dann gibst du Gas. Übrigens, was für ein Auto hast du?“

„Ich werde mir einen Wagen mieten. Was es sein wird, kann ich dir darum noch nicht sagen. Wo ist deine Wohnung?“

„Nicht weit von hier in Altona, nur ein paar Blocks weiter. Ich schreibe dir die Adresse auf einen Zettel. Am besten, du besorgst dir einen Stadtplan. Es ist nicht schwer zu finden. Allerdings wirst du kaum einen Parkplatz vor dem Haus bekommen. Du musst sehen, wie du das Problem löst. Aber du bist ja Pastor. Du kannst um einen Parkplatz beten. Und dann" – sie lächelte ihn kokett an –, „dann bin ich ganz in deiner Hand, mein Retter."

Horst Gonser antwortete nicht. Ihm war nicht nach Scherzen zumute. In diesem Augenblick konnte er nicht glauben, dass Gott auf die Gebete eines Mannes wie er hören würde. Auf was hatte er sich da nur eingelassen? Er seufzte.

„Du machst das schon, Horst."

„Ich weiß nicht", sagte er.

Sie nahm einen Zettel und schrieb ihre Adresse darauf und ein paar Kennzeichen, die ihm helfen sollten, das Haus zu finden. Sie gab ihm den Zettel und hielt dann die Hand auf. Er missverstand die Geste und nahm die Hand in seine.

„Horst, ich bekomme 100 Euro von dir."

„Spinnst du?" Er schrie fast.

Sie verdrehte die Augen. „Mann, du bist hier nicht im Sozialwerk deiner Kirche, sondern auf dem Kiez. Das ist ein knallhartes Geschäft. Ich habe jetzt rund zwanzig Minuten einen Mann im Zimmer gehabt. Wenn ich am Ende nicht die entsprechende Kohle auf der Hand habe, komme ich in Teufels Küche." Als sie sein entgeistertes Gesicht sah, sagte sie: „Gut, gib mir wenigstens fünzig. Sonst merken die womöglich noch was."

Widerwillig drückte er ihr einen Schein in die Hand. Als er an der Tür stand, sprach sie ihn noch einmal an. „Horst!"

Er drehte sich zu ihr um.

„Danke!", sagte sie leise.

Er ging hinaus und trank noch ein Glas Bier. Aber auch das half ihm nicht, in dieser Nacht gut zu schlafen.

Die Flucht

Am nächsten Morgen klingelte schon früh sein Handy. Karin war am Apparat.

„Guten Morgen, Horst!"

„Guten Morgen, Karin!"

„Wie geht es dir?"

Er bemühte sich, so normal wie möglich zu sprechen. „Gut. Ich bin hier im Seminar. Es ist wieder ganz interessant. Ich bin froh, dass ich mich angemeldet habe. Krogmann scheint irgendwelche Pläne mit mir zu haben, was die Verbreitung unserer Seminarergebnisse angeht."

„Du, Horst!"

„Ja?"

„Am Dienstagvormittag am Bahnhof, also ich meine ... Wenn ich da etwas Dummes gesagt habe, tut es mir Leid."

„Schon gut. Lass uns ausführlich reden, wenn ich wieder zu Hause bin. Ich muss jetzt runter zum Frühstück."

„Ich hab dich lieb."

„Ich dich auch. Grüß die Kinder von mir. Tschüss!"

Er fühlte einen Kloß im Hals und hätte in diesem Augenblick losweinen können, wenn er sich nicht zusammengerissen hätte und nach unten gegangen wäre.

Beim Frühstück erklärte er Dr. Krogmann, dass er aufgrund unvorhergesehener Ereignisse leider nach dem Mittagessen abreisen müsse. Der Seminarleiter war sichtlich enttäuscht.

„Schade, aber da kann man wohl nichts machen. Im Herbst zum dritten Teil sehe ich Sie aber wieder, ja?"

Horst Gonser versprach es ihm und bemühte sich, am Vormittag an nichts anderes als an die Seminarinhalte zu denken. Dann packte er seine Reisetasche und suchte eine Autovermietung. Er versuchte, sich selbst aufzuheitern, indem er seine Situation ins Lächerliche zog. Was ist wohl ein geeignetes Fluchtauto? dachte er. Irgendein großer Sportwagen wäre am besten. James Bond fuhr doch immer so Autos, mit denen er seine Verfolger abschütteln konnte. Das wäre jetzt genau das Richtige. Als er bei der Autovermietung die Preistabelle sah, entschied er sich für einen ganz normalen Kleinwagen.

Zur verabredeten Zeit stand er in der Straße, die Paola ihm genannt hatte, knapp 50 Meter von ihrem Haus entfernt. Es war tatsächlich schwierig gewesen, überhaupt einen Parkplatz zu finden, und er war froh, kein so großes Auto zu haben. Die Straße war nicht schmal, aber dadurch, dass auf einer Seite ein Auto am anderen parkte, war es nicht so einfach, durch diese Straße zu fahren, jedenfalls bei Gegenverkehr. Auf der anderen Seite der Straße standen Bäume und war ein kleiner Rasen. Ein Junge führte seinen Hund dort spazieren. Nervös sah er auf seine Uhr. Es war fünf Minuten vor sechs Uhr. Aus einem offenen Fenster kam laute Rockmusik.

Sechs Uhr. Der Junge kaute gelangweilt einen Kaugummi, sein Hund markierte einen Baum nach dem anderen. Ein Auto fuhr vorbei und ein Radfahrer, eine alte Frau trug eine schwere Einkaufstasche in ihre Wohnung. Von Paola war nichts zu sehen. Obwohl es nicht sehr warm war, schwitzte er.

Fünf nach sechs. Immer noch nichts. Ob ihr was dazwischen gekommen war? Unsinn, warum auch? Ruhig, Horst, mach dich nicht verrückt, auch wenn du noch nie in einer solchen Situation warst. Dumme Sprüche fielen ihm ein. „Fast die Hälfte seines Lebens wartet der Soldat vergebens." Auf seine Frau musste er auch oft warten. Das Warten fiel ihm überhaupt schwer. Weißt du noch, wie Karin dich drei Tage lang auf die Antwort warten ließ, als du ihr einen Heiratsantrag gemacht hattest? Sie müsse sich das sorgfältig überlegen, hatte sie gesagt. Später hat sie dir lachend gestanden, dass sie seit langem auf diesen Antrag gewartet und nun Lust gehabt hätte, dich etwas zappeln zu lassen. Ach, Karin, wenn du jetzt da wärst!

Oder besser doch nicht! In diesem Augenblick öffnete sich eine Haustür und Paola trat heraus, in der Hand eine größere Tasche. Sie sah nach links, dann nach rechts und entdeckte ihn. Sie winkte ihm mit der Hand, er solle das Auto in ihre Nähe fahren. Er stieg ein und legte den Rückwärtsgang ein.

Plötzlich stand neben Paola eine andere junge Frau, dunkelhaarig und etwa einen halben Kopf kleiner als Paola. Sie hatte einen blauen Rucksack in ihrer Hand. Beide gingen auf das Auto zu. Er stieg aus, um die Heckklappe zu öffnen, und wollte eben fragen, was das solle, als ein junger Mann aus der Tür trat. Horst Gonser erkannte ihn. Es war der junge Mann, der ihn vorgestern Abend so schroff hatte abblitzen lassen. Der Mann stutzte und brauchte einen Augenblick zu begreifen.

„Hei, Jana", rief er zu der Dunkelhaarigen, „was machst du mit der Tasche? Und was ist das für ein Typ da?"

„Los, Jana", schrie Paola zu der anderen Frau, „mach, dass du reinkommst! Verdammt! Warum hat diese Mistkarre nur zwei Türen?"

Ehe Gonser sich versah, hatte sich der Mann auf die eben angeredete Jana gestürzt und hielt sie fest. Sie kreischte. Paola ließ ihre Tasche fallen und stürzte sich auf den Mann. Mit ihrer Faust schlug sie ihm ins Gesicht. Er ließ sein Opfer los, stolperte und fiel auf den Rücken. Gonser schnappte Paolas Tasche und warf sie in den Kofferraum. Paola griff nach Janas Hand und wollte sie ins Auto ziehen, aber da hatte der junge Mann sich aufgerichtet und hielt sitzend Jana am Knöchel mit eisernem Griff fest. Horst Gonser trat mit einem Satz herzu. Mit der anderen Hand fuhr der Mann in die Tasche seines Blazers und holte ein Klappmesser heraus. Die Klinge schnappte aus dem Heft des Messers. Gonser rammte seinen rechten Schuh in die Rippen des Mannes. Der fluchte und ließ das Messer fallen, doch das dunkelhaarige Mädchen ließ er nicht los. Die hatte jede Gegenwehr aufgegeben und stand wie erstarrt.

Paola wollte wieder auf den Mann losgehen, als sie sah, dass ein weiterer Mann aus der Haustür kam. Sie erstarrte einen Augenblick. Als sie bemerkte, dass der Mann in seine Tasche fasste, kam wieder Bewegung in ihren Körper. Sie sprang in das Auto. „Fahr los!“, brüllte sie Horst Gonser an.

Der sprang ebenfalls in den Wagen, die Reifen quietschten und das Auto machte einen Satz nach vorn.

„Wie soll ich fahren?“, schrie Gonser. „Ich habe keine Ahnung!“

Noch völlig außer Atem dirigierte sie ihn durch das Wohnviertel, bis sie auf eine breite Straße kamen, die nach Norden führte. Gonser dachte eben, sie hätten jetzt das Schlimmste hinter sich, als Paola, die sich immer wieder umgedreht hatte, einen erschreckten Ausruf machte.

„Scheiße! Da kommt Rolf!“

Gonser erkannte im Rückspiegel ein Motorrad, das sich rasch näherte. Das Motorrad fuhr auf die Überholspur, verlangsamte aber die Fahrt, als es auf der Höhe von Gonsers Wagen war. Mit der rechten Hand langte der Mann in seine Tasche und winkte ihnen mit einer Pistole. Die Bewegung war unmissverständlich.

„Rolf ist imstande und schießt“, stöhnte Paola, „wir haben verloren. Mein Gott!“

Das Motorrad überholte und setzte sich vor Gonsers Auto. Rolf machte eine Bewegung mit der Hand, sie sollten anhalten. Horst Gonser war in einem seelischen Ausnahmezustand. Später konnte er sich kaum noch erinnern, wie die nächsten Augenblicke abgelaufen waren. Er bremste das Auto zunächst ab, riss es dann aber plötzlich nach links, ohne in den Rückspiegel zu schauen, und trat das Gaspedal durch. Der Wagen machte wieder einen Satz nach vorn und der Motor heulte auf. Rolf reagierte auf dem Motorrad schnell. Auch er beschleunigte wieder, als Gonser den Wagen unerwartet nach rechts zog. Nun machte Rolf einen entscheidenden Fehler. Um dem Aufprall zu entgehen, zog er seine Maschine ebenfalls nach rechts, rammte dabei aber ein geparktes Fahrzeug. In hohem Bogen flog er von der Maschine, die umstürzte und einige Meter auf der Fahrbahn rutschte.

„Fahr weiter, Horst!", brüllte Paola.

„Was ist passiert? Wenn er gestürzt ist, können wir ihn doch nicht liegen lassen."

„Mann, fahr weiter! Bist du wahnsinnig, jetzt anhalten zu wollen? Rolf ist wie eine Katze, die neun Leben hat. Und wenn nicht, trifft's keinen Falschen."

Er fuhr weiter, drosselte aber wieder die Geschwindigkeit, um nicht aufzufallen. Nervös sah er immer wieder in den Rückspiegel. Nach den Ereignissen der letzten zehn Minuten müssten doch sämtliche Polizeiwagen Hamburgs hinter ihm her sein, dachte er. Aber da war nichts, nur ein Krankenwagen kam ihm mit Martinshorn und Blaulicht entgegen.

„Fahr da vorne rechts", befahl ihm Paola, „wir müssen ganz unauffällig durch Nebenstraßen fahren, nicht nur wegen der Polizei. Ich weiß nicht, was die Bande macht. Arme Jana!" Sie schluchzte auf.

Er fuhr durch verschiedene Stadtviertel. Als sie an eine ruhige Stelle kamen, sagte sie: „Halte da vorne. Ich brauche eine Pause."

Als er geparkt hatte, sagte sie wieder „Arme Jana! Was machen sie mit ihr?" und weinte hemmungslos.

Auf der Rückfahrt

Er ließ sie weinen. Ganz allmählich ging seine nervöse Anspannung in eine Erschöpfung über. Irgendwann stieg er aus, um frische Luft zu tanken. Es war ein anderes Wohnviertel, in dem sie jetzt standen, als das, in dem ihre wahnwitzige Fahrt begonnen hatte. Keine großen Wohnblocks, sondern individuell gestaltete Einzelhäuser, viele von ihnen schon etliche Jahrzehnte alt, alle mit gepflegten Gärten und großen Bäumen, Bäume standen auch links und rechts der Straße. Vögel sangen ihr Abendlied.

„Wie friedlich es hier ist“, sagte Paola, die auf einmal neben ihm stand. „Es muss schön sein, hier zu wohnen.“

„Es wäre noch einiges friedlicher, wenn bestimmte Dinge nicht passiert wären“, erwiderte er bitter.

„Ja, zum Beispiel könnte Jana jetzt bei uns in Freiheit sein, wenn du Idiot ein größeres Auto mit vier Türen gebracht hättest!“, zischte sie ihn an.

„Es war nie davon die Rede, dass wir zu dritt sein würden“, antwortete er wütend.

Sie schwieg. Was sollte sie auch erwidern? Er hatte ja Recht.

Nach einer Pause sagte sie: „Ich hatte Angst, dass du dich auf die ganze Sache nicht einlassen würdest, wenn ich dir gleich gesagt hätte, dass es mir hauptsächlich um sie ging.“ Sie schluckte ihre Tränen, die von neuem kommen wollte, herunter. „Es ist alles meine Schuld. Entschuldige bitte!“

„Du bist mir einige Erklärungen schuldig“, sagte er heftig.

„Ich weiß, aber lass uns nicht streiten. Bitte!“

Er rang um seine Fassung. Dann sagte er: „Was ist mit dem Typen auf dem Motorrad? Ich mache mir Vorwürfe, wenn ihm etwas passiert ist. Und was ist mit der Polizei? Sucht die uns vielleicht wegen des Motorradunfalls?“

In einer plötzlichen Eingebung sah sie auf ihre Armbanduhr. „In ein paar Minuten kommen Nachrichten. Vielleicht kommt was über einen Motorradunfall. Schalte das Autoradio ein.“ Sie gingen in den Wagen.

„Nein, nicht NDR 2“, sagte sie, als sie im Auto saßen, „der Sender ist überregional.“ Sie stellte einen hamburgischen Sender ein. Aber der berichtete nach den politischen Meldungen nur, dass die Feuerwehr in Stellingen heute einen kleinen Jungen von einem Baum herunterholen musste.

„Rolf ist nicht das erste Mal von seiner Maschine geflogen“, sagte sie. „Und wenn ihn die Polizei aufgelesen hat, wird sie ihn fragen, warum er mit einer Knarre in der Tasche herumfährt. – Komm, fahr los!“

„Wohin?“, fragte er.

„Egal, lass uns noch in der Stadt bleiben. Erst wenn es dunkler wird, gehen wir auf die Autobahn.“

Er startete den Motor und fuhr weiter durch das Stadtviertel. Plötzlich wurde er bleich. „Hinter uns ist die Polizei“, flüsterte er.

„Ganz ruhig, fahr weiter!“

Aber nach kurzer Zeit schaltete der Peterwagen hinter ihnen sein Blaulicht ein. Im Rückspiegel erkannte Horst Gonser eine rote Leuchtschrift. *Polizei. Anhalten.*

„Um Himmels willen!“

Sie hörte die Panik in seiner Stimme. „Verlier jetzt nicht die Nerven! Bleib ruhig!“

Er hielt an und öffnete das Fenster auf seiner Seite.

Ein Polizeibeamter trat zu ihm und tippte zum Gruß an seine Mütze.

„Guten Abend, Verkehrskontrolle. Ihre Papiere bitte.“

Gonser holte den Führerschein aus seinem Jackett und den Fahrzeugschein aus dem Handschuhfach. Der Beamte musterte die Papiere eingehend. „Nun, Herr Gonser, können Sie sich denken, warum wir Sie angehalten haben?“

Er schluckte und nickte fast unmerklich mit dem Kopf.

„Richtig“, sagte der Beamte, „Sie fahren in einem Wohngebiet und da ist nur Tempo 30 erlaubt. Ich muss Ihnen doch wohl nicht erklären, warum das so sein muss?“

„Natürlich nicht“, stotterte der arme Pfarrer, „es tut mir Leid, dass ich nicht aufgepasst habe.“

Der Polizist sah, dass der Fahrer des Wagens wie ein Häufchen Elend auf seinem Sitz saß. Er unterdrückte ein Lächeln und sagte mit strenger Stimme: „Ich will es bei diesem Hinweis belassen. Aber passen Sie künftig auf!“

„Ja, natürlich. Es ist mir sehr peinlich. Ich, äh, wir haben uns verfahren und da habe ich wohl nicht aufgepasst."

„Wohin wollen Sie denn?"

„Nach Hamburg-Sasel", mischte sich da Paola ein, die befürchtete, dass ihr Begleiter etwas Unbedachtes sagen könnte.

Der Polizist lachte auf. „Da sind Sie allerdings gründlich falsch. Wir sind hier in Lokstedt." Er beschrieb ihnen den Weg zum Ring 3 der Stadt. „Auf diesem Ring bleiben Sie, bis Sie in Sasel sind. Guten Abend."

Als das Polizeiauto weg war, stöhnte Horst Gonser auf. „Ich glaube, ich werde noch wahnsinnig."

Paola lachte, zum ersten Mal lachte sie laut und herzhaft. „Du hast dich fabelhaft gehalten. Überhaupt – in dir steckt mehr, als man von außen sieht. Wie du Rolf ausgeschaltet hast, war klasse. Auch dass du Igor das Messer weggenommen hast, war prima. Komm, lass dich drücken. Und jetzt wollen wir fahren. Fahr erst mal so, wie der Bulle uns das beschrieben hat."

Sie fuhren los. Irgendwann merkte er, dass er Hunger hatte. In einer Pizzeria in Poppenbüttel saßen sie einander gegenüber.

„Jetzt sag endlich, wer ist Jana, und warum ging es hauptsächlich um sie?"

Paola, die nur einen kleinen Salatteller bestellt und den bereits geschafft hatte, begann zu erzählen:

„Sie kommt aus der Slowakei. Sie ist eine von zahllosen Osteuropäerinnen, die man unter fadenscheinigen Versprechungen hierher lockt, um sie dann in irgendwelche Bordells im ganzen Land zu stecken. Du hättest noch einige Arbeit mir ihr gehabt, denn sie hatte in ihrem Rucksack keinerlei Papiere."

„Warum nicht?"

„Weil man ihr den Pass und alles abgenommen hat, sobald sie im Land war. Damit war sie ihren ‚Betreuern' völlig ausgeliefert. So machen sie es mit allen. Sie werden eingesperrt und erst mal ‚zugeritten'. Erspare mir dir Einzelheiten, wie das geht. Wenn sie dann gefügig sind, werden sie verkauft."

„Und wie war das mit dir?“, wollte er wissen.

„Ich bin ein völlig anderer Fall“, sagte sie streng und signalisierte ihm, dass sie nicht bereit war, jetzt ihre Geschichte zu erzählen.

Sie fuhr fort. „Normalerweise habe ich nichts mit diesen Mädchen zu tun. Aber sie kamen auf die Idee, mit Jana einiges zu machen. Ich weiß nicht, ob dir aufgefallen ist, wie gut sie aussieht. Sie wollten sie nicht in irgendein Provinzbordell stecken. Sie sollte ihnen hier Geld bringen. Ich sollte sie gleichsam anlernen und betreuen. In Altona, wo du uns abgeholt hast, haben wir in einer großen Wohnung in einer Wohngemeinschaft mit anderen Mädchen gewohnt. Wir sind alles Legale, aber weil Jana jetzt bei uns war, kamen Rolf und die anderen öfters zu uns, um aufzupassen. Jana hatte fürchterliches Heimweh. Und da beschloss ich, ihr zu helfen und bei dieser Gelegenheit gleich etwas für mich zu tun. Doch es hat nicht geklappt.“

Wieder füllten sich ihre Augen mit Tränen. „Es war wahnsinnig, es ausgerechnet heute Abend zu versuchen, wo gleich zwei Mann bei uns auf der Bude waren. Ich hätte mit ihr oben bleiben sollen und dich nach Hause fahren lassen. Es ist nicht deine Schuld, Horst. Ich habe es vermasselt. Aber wer passt jetzt auf das arme Ding auf?“ Sie presste die Lippen aufeinander, um in diesem Lokal nicht laut zu weinen.

Er wartete, bis sie sich wieder in der Gewalt hatte. Dann gingen sie. Sie fuhren jetzt auf die Autobahn Richtung Süden. Er sah die Lichter der Stadt auf der linken und die großen Frachter auf der rechten Seite, als sie aus dem Elbtunnel fuhren. Mein Gott, dachte er, wie dicht liegen hier die schönen und die hässlichen Seiten des Lebens beisammen. Aber das war nicht nur in Hamburg so.

„Wie war das mit dem Foto? Ihr macht doch sonst keine Fotos von den Freiern, oder?“

„Nein, natürlich nicht. Diskretion ist in unserem Geschäft

Ehrensache. Normalerweise steht auch nie eine Kamera in dem Raum. Ich hatte eine Digitalkamera dahin gebracht, weil ich zu anderer Gelegenheit etwas ausprobieren wollte und meinte, dass wir an diesem Abend mit den zwei anderen Räumen für Privattreffen auskommen würden. Manchmal machen wir Fotos von uns Mädchen fürs Internet. Wir drehen auch Live-Szenen fürs Internet. Ich habe mir da im Laufe der Zeit einige Kenntnisse angeeignet. Faktisch kann ich mit der Kamera besser als Rolf oder die anderen Idioten umgehen. Auch bei der Bildbearbeitung am PC bin ich besser als sie. Als du damals auf die Toilette gingst, fiel eine Visitenkarte aus deinem Jackett. Nanu, dachte ich, mit einem Pastor hast du es noch nicht gehabt, und schaltete aus purem Jux die kleine Kamera ein. Ich hatte mit den Bildern eigentlich gar nichts vor. Erst im Laufe der Zeit kam mir der Gedanke, dass ich sie für meine Absichten benutzen könnte."

Sie sah zu ihm herüber und bemerkte, wie seine Gesichtszüge sich versteinerten und er tief einatmete. „Ich bin gemein, ich weiß", sagte sie, „aber wenn man auf dem Kiez überleben will, wird man hart."

Sie schwiegen eine Weile. Plötzlich fiel ihr etwas ein. „Scheiße!", sagte sie unvermittelt.

„Was ist los?", fragte er.

„Ach, nichts", erwiderte sie schnell und hoffte im selben Augenblick, dass wirklich nichts war.

„Und wie ging es dann weiter?", wollte er wissen. „Kurz nach Ostern bekam ich deinen Brief, in dem aber nicht stand, was du von mir willst."

„Ja", sagte sie und musste sich überwinden, ihm alles zu gestehen. „Ich dachte, es sei in deinem Fall richtig, dich erst etwas weich zu kochen."

„Das ist dir gründlich gelungen, Paola!", grollte er.

„Nenne mich bitte nicht mehr Paola", bat sie, „in Wahrheit heiße ich Dagmar."

Er war überrascht.

„Ich fange ja nun ein neues Leben an. Nein, ich will nicht mehr Paola sein."

„Das kann ich verstehen", sagte Horst Gonser, „trotzdem – du bist mit deinem Bericht noch nicht fertig. Erzähl weiter."

„Nun ja, ich versuchte also, dich für meine Pläne zu nutzen. Wahrscheinlich war das idiotisch, aber mir fiel nichts anderes ein. Es war immerhin eine Möglichkeit rauszukommen. Dann kam die Sache mit Jana, um die ich mich kümmern sollte. Jetzt wird es Zeit, dachte ich und setzte nach mit dem zweiten Brief. Als ich aber von dir nichts hörte, rief ich bei dir zu Hause an."

„Was hättest du eigentlich gemacht, wenn ich nicht gekommen wäre? Ich meine, hättest du das Bild meiner Frau geschickt oder einem anderen Menschen?"

„Nein", sagte sie, „das hätte ich nicht gemacht. Ehrlich nicht. Es deiner Frau zu schicken hätte dich wohl auch nicht nach Hamburg gebracht. Und wem aus deiner Umgebung hätte ich es sonst schicken sollen? Ich kenne niemanden und deinetwegen hätte ich auch nicht nach Burgheim fahren können. Ich hätte dann auf irgendeine andere Gelegenheit warten müssen."

Wieder atmete er tief durch. Er kam sich vor wie ein Idiot. „Dann habe ich die ganze Zeit umsonst gezittert!"

Sie schüttelte den Kopf. „In deiner Situation war es völlig normal, dass du mit dem Schlimmsten rechnen musstest."

„Hattest du denn nicht Angst, dass ich zur Polizei gehe?"

Sie lachte kurz spöttisch auf. „Was hätten die denn tun sollen? Du hattest nicht mehr in der Hand als ein Schmuddelfoto mit einer freundlichen Einladung wiederzukommen. Das ist nicht verboten. Außerdem, Horst, glaube ich nicht, dass du der Typ bist, der das durchgezogen hätte."

Wieder war er verblüfft. Diese Frau durchschaute ihn. In ihm kämpften Ärger und Respekt. Sie spürte das und fragte, um ihn abzulenken: „Wohin bringst du mich?"

„Zu meiner Frau kann ich dich schlecht bringen“, antwortete er grimmig. „Trotzdem fahren wir nach Burgheim. Ich werde versuchen, dich zunächst bei einem befreundeten Ehepaar unterzubringen. Klaus wird mir an die Gurgel gehen. Aber was anderes weiß ich auch nicht.“

Wütend trat er aufs Gas.

Erklärungen

Es war die Zeit der kurzen Nächte, aber mittlerweile war es doch dunkel geworden. Zum Glück war die Autobahn nicht so belebt, nur viele LKWs waren unterwegs. Er merkte, dass Paola bzw. Dagmar neben ihm eingeschlafen war. Er fühlte sich zwar etwas erschöpft, aber die Gedanken in seinem Hirn jagten sich.

Er hoffte, dass Klaus und Martina ihm den Gefallen tun würden, Paola fürs Erste aufzunehmen. Danach musste er Karin unter die Augen treten. Sollte er ihr die Wahrheit sagen? Angst stieg bei diesem Gedanken in ihm auf. Aber er wusste, dass er nicht andauernd in einem Gebäude aus Lügen leben konnte. Er war nicht der Mensch, der so etwas auf Dauer durchsteht. Die ganze Geschichte war ihm doch schon längst über den Kopf gewachsen. Er musste reinen Tisch machen und dann mochte geschehen, was geschehen sollte. Er fühlte keine Kraft mehr, sich zu wehren. Er schüttelte den Kopf. Was war er nur für ein Mensch und in was für eine Sache war er geraten? Eine Frage, die er sich seit Wochen stellte.

Sie hatten die norddeutsche Tiefebene hinter sich gelassen. Es wurde bergig und er musste viel schalten. Allmählich spürte er, wie die Müdigkeit nach ihm griff. Plötzlich tauchten unmittelbar vor ihm die Rücklichter eines schweren Tiefladers auf. Er bremste und zog den Wagen nach links auf die Überholspur. Wo war auf einmal dieser LKW hergekommen? Er musste wohl einen Augenblick eingeschlafen sein. In diesem

Zustand konnte er nicht mehr lange fahren. Er hoffte, dass bald ein Rasthof kommen würde.

Endlich war es soweit. Er fuhr auf den Parkplatz und atmete tief durch.

„Warum hältst du? Lass uns fahren!“, sagte sie und rieb sich den Schlaf aus den Augen.

„Ich kann nicht fahren, wenn mir die Augen zufallen. Komm, lass uns eine Pause machen.“

Sie gingen in den Rasthof, tranken eine Tasse Kaffee und aßen ein Brötchen. Dann griff er zu seinem Handy.

„Brunkhorst“, hörte er die schlaftrunkene Stimme seines Freundes.

„Ich bin's, Horst“, sagte er, „entschuldige, wenn ich dich wecke.“

„Horst? Was ist los? Weißt du, wie spät es ist?“

„Entschuldige. Ich bin auf der Rückfahrt von Hamburg. Ich schätze, dass ich in etwa drei Stunden in Burgheim sein werde. Ich bin in ziemlichen Schwierigkeiten. Du musst mir helfen.“

„Wieso? Was ist los?“

„Erinnerst du dich an unser Beichtgespräch? Ja, also ... Die Frau, von der ich dir erzählt habe, sie sitzt neben mir. Sie wollte, dass ich sie aus allem raushole. Bitte, bitte, du und Martina, ihr müsst sie bei euch aufnehmen. Nur für ein paar Tage. Bitte!“

Am anderen Ende gab es lange Pause. Dann wieder die Stimme von Klaus: „Hast du den Verstand verloren? Was soll das Ganze? Ich kapiere überhaupt nichts. Wieso bringst du sie her? Mann, du bist verheiratet.“

„Klaus, das weiß ich. Wir haben eine total verrückte Flucht hinter uns. Ich weiß, dass ich verheiratet bin. Hier geht es darum, einem Menschen zu helfen.“

„In drei Stunden sagst du? Na schön, für eine Tasse Kaffee wird mein Verständnis noch reichen.“

Horst Gonser hörte in seinem Handy eine Frauenstimme.

„Was ist los, Klaus?“

„Oh, Morgenstund hat Gold im Mund, mein Schatz.“ Dann ein Knacken und das Gespräch war beendet.

Die Sonne war schon eine Weile am Himmel, als sie Burgheim erreichten. Horst Gonser parkte den Wagen in der Einfahrt des Hauses. Noch bevor sie die Haustür erreicht hatten, machte ihnen Klaus Brunkhorst auch schon auf. Martina stand hinter ihm.

„Kommt rein! Gnädige Frau, treten Sie näher.“

Dagmar, die schon lange nicht mehr als „gnädige Frau“ angesprochen worden war, fühlte sich sichtlich unwohl. Ihre Hände zitterten. Sie gingen ins Wohnzimmer.

„Kaffee oder Tee?“, fragte Martina in ihrer praktischen Art.

Als sie bei Kaffee und Marmeladebroten beisammen saßen, fing Horst Gonser stockend an zu erzählen.

„Stopp!“, sagte Klaus Brunkhorst. „Martina weiß von deiner Bekanntschaft bisher gar nichts. Es wird besser sein, wenn sie jetzt geht.“

„Nein“, erwiderte sein Freund, „sie soll bleiben. Ich weiß, dass ihr zuverlässige und verschwiegene Leute seid. Erzähl ihr nachher ruhig, wie ich Dagmar kennen gelernt habe. Mir hilft nur noch die Wahrheit.“

Dann berichtete er das Nötigste von ihrer abenteuerlichen Flucht. Klaus hörte aufmerksam zu, Martina betrachtete die junge Prostituierte und ihr Mitgefühl wuchs im Laufe des Berichts.

Klaus schüttelte den Kopf. „Horst, das ist die verrückteste Geschichte, die ich je gehört habe.“

Dann sah er seine Frau an, die leicht mit dem Kopf nickte, und wandte sich an Dagmar:

„Junge Frau, seien Sie unser Gast für die nächste Zeit. Ruhen Sie sich aus und dann werden wir sehen, was wir für Sie tun können. Haben Sie mal einen Beruf gelernt?“

„Ich war drei Jahre lang Tippse in einem Büro.“

„Hervorragend! Gibt es noch etwas, dass Sie gut können?“

„Ja, ich koche gerne“, sagte sie mit dem Anflug eines Lächelns.

Auch er lächelte. „Junge Frau, Sie werden mir immer sympathischer. – Ja, wirklich“, ergänzte er, nachdem er einen kritisch-fragenden Blick seiner Frau aufgefangen hatte.

„Ich werde auch schauen, wo wir einen Platz auf Dauer für dich finden können“, sagte Horst Gonser.

„Nein!“, erklärte Klaus Brunkhorst sehr bestimmt. „Horst, ab sofort bist du aus dem Spiel. Du hältst dich aus allem raus. Sieh du zu, wie du mit Karin zurechtkommst. Für Dagmar sorgen Martina und ich. Wenn es nach mir geht, wird sie einen Platz bekommen, der weit genug von Burgheim entfernt ist, und ich werde dir nicht sagen, wo das sein wird.“

Dann stand er auf und machte deutlich, dass er das Gespräch für beendet hielt. „Viel Glück!“, raunte er seinem Freund zu, als er ihn zur Haustür brachte.

Horst Gonser traute sich zunächst nicht nach Hause. Ziellos fuhr er mit dem Wagen in der Gegend herum. Als er meinte, dass nun die Kinder aus dem Haus in der Schule seien, fuhr er heim. Karin machte große Augen, als er nach Hause kam.

„Nanu, Horst, du bist ja schon zurück. Ich hatte dich erst heute Abend erwartet. Mein Gott, wie siehst du aus? Ist was passiert?“

Im Wohnzimmer ließ er sich auf einen Sessel fallen.

„Ja, es ist etwas passiert. Es ist furchtbar viel passiert und ich habe dir viel zu erzählen. Es fällt mir schwer, darüber zu reden. Ich schäme mich sehr. Aber wir müssen darüber reden. Ich kann nicht mehr.“

Noch wurde sie aus seiner Rede nicht schlau, aber sie bereitete sich auf das Schlimmste vor.

„Karin“, sagte er stockend, „als du mich am Bahnhof gefragt hast, ob ich Paola wiedersehen würde, hattest du das Richtige geahnt. Sie ist, nein, sie war eine Prostituierte, und als ich im Februar in Hamburg war, hatte ich eine Affäre mir ihr.“

Sie wurde bleich und atmete heftig. „Sag mir, dass das nicht wahr ist! – Eine Prostituierte?"

„Ja", nickte er, „ich weiß, dass ich dir das kaum erklären kann. Ich erwarte auch kein Verständnis. Aber lass mich weiter erzählen. Du wirst kaum glauben, wie diese Geschichte weitergeht."

Er berichtete. Dabei vermied er meistens, sie direkt anzuschauen. Wenn er es tat, sah er, wie Schmerz, Abscheu, Fassungslosigkeit und Wut in ihr kämpften. Sie fragte nur wenig nach und ließ ihn reden.

Irgendwann war er fertig. Sie schwieg und starrte auf den Boden. Das also war der Grund für all seine Launen. Das also war es, was ihn in den letzten Monaten belastet hatte. Und jetzt war alles noch viel komplizierter geworden. Sie schüttelte immer wieder den Kopf, ohne ein Wort zu sagen.

Er merkte, dass sie rote Augen hatte, aber sie weinte nicht. „Karin, ich verstehe, wie dir zumute sein muss. Glaube mir, das alles tut mir unendlich Leid."

„Du verstehst überhaupt nichts", sagte sie kalt. „Ich bin wahnsinnig enttäuscht von dir."

Mühsam stand er auf. „Entschuldige mich einen Moment", wollte er sagen, spürte aber nur noch, wie ihm das Blut aus dem Gesicht wich und es in seinen Ohren zu rauschen anfing. Dann klappte er zusammen.

Die Schwäche währte nur einen Augenblick. Er zog sich am Tisch hoch. Sie sah ein, dass es keinen Wert hatte, mit ihm weiter reden zu wollen. Die Anstrengungen der letzten 24 Stunden waren zu groß gewesen.

„Warte", sagte sie kurz, „ich hole dir dein Bettzeug. Leg dich auf die Couch in deinem Arbeitszimmer. Das wird künftig dein Platz zum Schlafen sein."

Es war schon nach vier Uhr nachmittags, als er endlich wieder aufwachte und in die Küche ging, wo er Karin und seine Kinder hörte.

„Hallo, Papa!“, rief Torsten und lief ihm entgegen. „Klasse, dass du da bist. Mama ist heute den ganzen Tag so komisch.“

Er nahm seinen Sohn auf den Arm und drückte ihm einen Kuss auf die Wange. Dann umarmte er Anna.

„Papa“, plapperte Torsten weiter, „hast du uns was aus Hamburg mitgebracht?“

Karin lachte kurz und hysterisch auf. „Oh ja, Papa hat was aus Hamburg mitgebracht. Aber leider nicht für euch!“

„Karin!“, sagte er vorwurfsvoll und fing dafür einen kaum zu beschreibenden Blick seiner Frau ein.

„Du hast mir nichts zu sagen, Horst!“

„Karin, die Kinder!“, rief er wütend.

Da lief seine Frau weinend aus der Tür, die heftig ins Schloss fiel.

„Ich sag doch“, maulte Torsten, „Mama ist heute den ganzen Tag so komisch. Hast du uns nun was mitgebracht?“

„Torsten, Anna, es tut mir sehr Leid, ich hatte gar keine Zeit. Aber morgen gehen wir ein Eis essen. Ich spendiere euch einen ganz großen Eisbecher. Ehrenwort! Einverstanden?“

„Okay, Papa! Aber sieh zu, wie du Mama wieder hinkriegst“, riet ihm seine Tochter.

„Ich will mir Mühe geben“, seufzte er und hatte gleichzeitig keine Ahnung, wie er das anstellen sollte.

„Am besten, ihr geht jetzt spielen, Kinder.“

Nach einer Viertelstunde kam Karin zurück. „Du hast an einer Stelle Recht. Ich werde mich vor den Kindern nicht mehr gehen lassen. Aber tu mir einen Gefallen. Begib dich nur in meine Nähe, wenn es um der Kinder willen nicht anders geht.“

Als sie den Raum verlassen wollte, drehte sie sich noch einmal um und stellte die Frage, die schon viele betrogene Ehefrauen gestellt haben: „Was hat diese Frau, was ich nicht habe?“

Dass er mit den Schultern zuckte und „Nichts“ murmelte, bekam sie aber schon gar nicht mehr mit.

Ein Gespräch

Den nächsten Tag gingen beide einander aus dem Weg. Das war nicht schwer, weil er in seinem Arbeitszimmer ohnehin den Sonntagsgottesdienst vorbereiten musste.

Karin hatte in der Nacht kaum geschlafen. Bisher war ihr Leben in normaler Weise und einigermaßen vorhersehbar verlaufen. Nun hatte diese Frau aus Hamburg in ihr Leben eingegriffen, dass alles aus dem Gleis geraten war. Wie sollte es weitergehen? Sie wusste es nicht. Sie war zornig auf ihren Mann und konnte oder wollte nicht verstehen, dass er in einem Augenblick der Schwäche alles aufs Spiel gesetzt hatte, was bisher ihr Glück ausgemacht hatte. Eine Bibelstelle fiel ihr ein: *Es ist das menschliche Herz ein trotzig und verzagt Ding. Wer kann es ergründen?* Bisher hatte sie gemeint, ihren Mann zu kennen. Doch da schienen Abgründe zu sein, von denen sie nichts geahnt hatte. Aber wie war es mit ihr? Wie gut kannte sie sich selbst? Konnte sie sicher sein, dass ihr niemals etwas Vergleichbares passieren würde? Je länger sie grübelte und versuchte, die Geschichte aus verschiedenen Blickwinkeln zu sehen, desto schwieriger wurde alles. Schwierig war es nicht zuletzt deshalb, weil sie diese Frau, um die sich alles drehte, nicht kannte und einschätzen konnte. Was wäre, wenn sie mit ihr sprechen würde? Aber bei diesem Gedanken spürte sie Widerwillen in sich. Diesem Flittchen begegnen? Nein, auf keinen Fall! Oder vielleicht doch? Aber noch war alles so frisch und tat weh. Also zu einem späteren Zeitpunkt einmal. Andererseits ... Horst hatte erzählt, dass Martina und Klaus ihren unfreiwilligen Gast so schnell wie möglich aus Burgheim an einen anderen Ort bringen wollten. Sie traute beiden zu, sehr rasch eine Lösung zu finden.

Als sie beim Mittagessen zusammensaßen, berichtete Horst

Gonser, dass er trotz aller Mühe seine Gedanken nicht auf eine vernünftige Predigt hatte konzentrieren können. Zum Glück hatte er in seinen Unterlagen zu dem Text eine alte Predigt von sich gefunden. Die wollte er nehmen.

„Sehr gut!“, sagte Karin. „Dann hast du heute Nachmittag frei und kannst mit den Kindern ins Schwimmbad gehen.“

„Au ja“, riefen beide Kinder wie aus einem Mund, „und vergiss nicht, du hast uns einen großen Eisbecher versprochen.“

Als Mann und Kinder aus dem Haus waren, rief Karin ihre Freundin Martina an.

„Diese Paola ist doch noch in eurem Haus. Hör zu! Ich will mit ihr sprechen.“

Martina zögerte. „Ich weiß nicht, ob das eine so gute Idee ist. Es geht ihr nicht gut. Sie weint viel wegen ihrer slowakischen Freundin. Vielleicht sollte man ihr so ein Gespräch jetzt nicht zumuten.“

Karin wurde heftig. „Wie wäre es, wenn jemand einmal darauf Rücksicht nehmen würde, was man mir zumutet?“

Martina gab nach. „Gut, ich werde sie fragen, aber ich kann sie nicht zwingen. Ich rufe dich zurück.“

Es bedurfte einiger Überredungskünste Martinas, aber am Sonntagnachmittag ging Karin zu Brunkhorsts.

„Sie hat eine Bedingung gestellt“, sagte Martina, als sie die Pfarrfrau an der Tür empfing, „sie will nicht mit dir allein sprechen. Ich soll dabei sein.“

„Kein Problem!“, erwiderte Karin Gonser.

Dann saßen sie zu dritt um den Couchtisch. Karin Gonser stellte mit einem Blick fest, dass die junge Frau wirklich sehr gut in ihren engen hellblauen Jeans und ihrer weißen Bluse aussah. Doch diese Feststellung verstärkte nur die Antipathie, die sie empfand. Sie hatte sich ein paar Dinge vorher zurechtgelegt, aber als sie ihr gegenübersaß, war alles wie weggeblasen.

Nach einer quälenden Pause fing Dagmar an. „Sie wollten mich sprechen. Hier bin ich.“

„Wie geht es Ihnen?“, fragte Karin Gonser in höchster Verlegenheit.

Dagmar zuckte mit den Achseln. „So weit ganz gut. Brunkhorsts sind sehr nett zu mir.“ Ein warmer Blick traf Martina. „Nun warte ich, wo ich hin kann. Irgendwie muss ich ja nun ein neues Leben anfangen. Aber das wird schon klappen. Ich bin froh, dass ich aus allem raus bin.“

„Dafür bin ich bzw. ist meine Familie ja nun in etwas geraten, wo ich noch nicht weiß, wie das enden soll.“

„Das tut mir Leid, das wollte ich nicht“, sagte Dagmar. Es musste wohl etwas sehr förmlich geklungen haben, denn Karin Gonser explodierte.

„So, Sie wollten das nicht! Sie können mir viel erzählen, bloß das nicht. Sie haben meinen Mann für ihre Zwecke benutzt. Sie haben eiskalt ausgerechnet, wie Sie ihn klein kriegen. Sie haben ihn kirre gemacht und dann in Lebensgefahr gebracht. Das fing schon da an, wo Sie diesen blöden Kerl in ihr Bett gelockt haben.“

„Ich habe ihn nicht ‚in mein Bett gelockt‘. Erlauben Sie mir die Feststellung, dass er freiwillig kam, wie alle anderen Männer auch“, antwortete Dagmar wütend. Sie hatte Angst, Angst vor dieser Frau, Angst vor diesem Gespräch. Sie fühlte sich in die Enge getrieben. „Niemand hat sie je gezwungen zu kommen, weder Horst noch irgendeinen anderen. Es ist ein Geschäft. Ich liefere die Ware, der andere zahlt.“

„Was sind Sie für ein Mensch!“, rief Karin Gonser voller Abscheu.

„Was ich für ein Mensch bin?“ Dagmars Stimme überschlug sich beinahe. „Was ich für ein Mensch bin? Wie hätten Sie es denn gerne? Ich weiß, was ich bin: eine Nutte, eine Hure, eine Schlampe! Ich habe es oft genug zu hören bekommen. Ich bin ein Männer mordendes Ungeheuer. Ich habe kein Recht zu leben neben einer braven Ehefrau und Mutter! Ich bin der Abtreter, an dem sich die anständigen Leute ihre Schuhe putzen. Ich bin die Art von Frau, die alle verachten und doch gebrauchen. Ja, ich habe ihren Mann für meine Zwecke benutzt. Er bot mir durch Zufall die günstige Gelegenheit, ihn zu benutzen, nachdem jahrelang alle anderen mich benutzt haben, mich und all die Übrigen von meiner Sorte!"

Sie fing an zu weinen. Martina schob ihr ein Taschentuch zu und biss die Lippen aufeinander. Als sie die Arme um sie legen wollte, wehrte sich Dagmar. Karin war tief erschrocken. Dieser heftige, unerwartete Ausbruch trieb nun sie in die Enge. Aber anders als Dagmar reagierte sie nicht aggressiv. Sie versuchte, ihre Gefühle unter Kontrolle zu bekommen.

„Verzeihen Sie mir!", sagte sie leise, „Sie werden wohl nicht unrecht haben mit dem, was Sie sagen. Schuldig ist mein Mann. Er hat getan, was ich nie von ihm gedacht hätte. Aber verstehen Sie, was das alles für mich bedeutet?"

Die junge Ex-Prostituierte schwieg. Über die Gefühle einer betrogenen Ehefrau hatte sie bisher nie nachgedacht. Aber dafür hatte sie viele Männer erlebt, die sich ihr gegenüber anders als Horst benommen hatten.

„Ist Ihr Mann schuldig? Sicher, er kam zu mir. Viele andere taten das auch. Männer sind wohl so. Ich habe die Spielregeln verletzt, indem ich die Kamera eingeschaltet habe. Wenn ich das nicht getan hätte, wäre jetzt alles ganz anders."

Karin wurde wieder etwas lauter im Ton. „Diese Art von Spielregeln gefällt mir nicht. Überhaupt sehe ich nicht ein, warum Männer so etwas tun müssen, und ich sehe es bei meinem Mann erst recht nicht ein."

„Ohne Ihren Mann säße ich jetzt nicht hier. Er hat viel für mich riskiert."

„Ja", sagte Karin bitter, „er hat seine Ehe riskiert." Sie wollte noch sagen „Ihretwegen", konnte dieses Wort aber gerade noch zurückhalten.

„Hören Sie", sagte Dagmar müde, die hoffte, dieses Gespräch würde bald zu Ende sein, „denken Sie über mich, was

Sie wollen, aber versuchen Sie, Horst zu verzeihen. Er ist nicht schlecht."

In diesen Worten lag etwas, das Karin Gonser aufhorchen ließ und gleichzeitig alarmierte. Sie spürte, dass es zwischen dieser jungen Frau und ihrem Mann eine Beziehung gab, die eben doch anders war, als sie es vorhin so kaltschnäuzig beschrieben hatte. Von wegen „reine Geschäftsbeziehung"!

„Empfinden Sie etwas für meinen Mann?"

Diese Frage war Dagmar sichtlich unangenehm. „Empfinden? Ich habe als Professionelle gearbeitet. Da investiert man keine Gefühle in Kunden, sonst geht man in kürzester Zeit drauf. Er war ein angenehmer Kunde. Mehr nicht."

Als sie das fragende Gesicht ihrer Gesprächspartnerin sah, wurde auch sie wieder lauter. „Er hat mich ausgesprochen höflich, ja respektvoll behandelt. Er war nicht betrunken, als er zu mir kam, und er hat nicht gestunken", sagte sie brutal, „unter meinen üblichen Arbeitsbedingungen war das schon eine ganze Menge."

Karin schauderte es. Diese junge Frau kam aus einer Welt, die sie nicht kannte und nicht kennen wollte. Aber sie hatte das Gefühl, dass Dagmar ihrer Frage ausgewichen war.

„Noch einmal, empfinden Sie etwas für meinen Mann?"

Dagmar sah, dass sie ihr nicht ausweichen konnte. „Ja", sagte sie leise. „Am Anfang war es so, wie ich Ihnen gesagt habe. Er war nur ein Kunde. Er war schüchtern und total verlegen wie viele, die zum allerersten Mal kommen. Wenn Sie von seiner Schuld sprechen: Es ist meine Schuld, dass ich es ihm ermöglicht habe, seine Scham zu überwinden. Insgeheim habe ich mich über ihn – na ja, sagen wir mal: amüsiert. Später dachte ich, dass er mir nützlich sein könnte. Aber am letzten Donnerstag habe ich ihn zum ersten Mal respektiert. Vielleicht ist es überhaupt das erste Mal seit sehr langer Zeit, dass ich einen Mann wirklich respektiert habe. Verstehen Sie, als die Dinge vor unserem Haus anfingen schief zu laufen, hätte er nur in sein

Auto steigen müssen und hätte mich stehen lassen können. Stattdessen sorgt er dafür, dass der eine Kerl sein Messer verliert, und dann riskiert er Kopf und Kragen, um mich heil aus Hamburg zu bringen. Er hätte auch das slowakische Mädchen mitgenommen, wenn es nicht misslungen wäre. Ich bin Ihrem Mann sehr, sehr dankbar."

Beide schwiegen. Es dauerte lange, bis Karin Gonser wieder das Wort ergriff. Respekt vor ihrem Mann – dieses Wort war bei ihr hängen geblieben. Im Augenblick war das für sie eine Provokation, hatte er sich doch ihren Respekt ziemlich verspielt.

„Sie sagen, dass Sie meinem Mann dankbar sind. Das verstehe ich jetzt. Helfen Sie mir, Ihre andere Bemerkung zu verstehen, dass Sie vielleicht zum ersten Mal einen Mann respektiert haben."

Dagmar lachte kurz auf. „Männer! – In den letzten Jahren habe ich die meisten von ihnen verachtet und vor einigen habe ich Angst gehabt. Entweder hat ihnen der Trieb das Hirn vernebelt oder sie waren lächerliche Angeber, die sich bei mir das trauten, wozu sie im richtigen Leben nicht den Schneid aufbrachten. Oder sie waren brutal und nutzten mich aus. Ob es so oder so war – ich hatte jedenfalls den Mund zu halten. Eine Nutte wird nicht nach ihrer Meinung gefragt."

Sie sah die Pfarrfrau an, die mit ihren Händen die Sessellehne umklammerte und sich zwang, der jungen Frau weiter zuzuhören, obgleich sie am liebsten davongelaufen wäre. Dagmar war noch nicht fertig.

„Hören Sie zu, bevor Sie aus Ihrem Hinterkopf irgendwelchen sozialromantischen Quatsch ziehen. Ich bin kein armes ‚gefallenes Mädchen'. Ich komme aus einer normalen Familie, nicht besonders gut, aber auch nicht schlecht. Ich bin zur Schule gegangen und habe die Mittlere Reife. Dann habe ich in einem Büro gearbeitet. Mein Chef hat mir dauernd in die Bluse geschielt und andere meinten, weil ich der Azubi sei, hätten sie das Recht, mich anzufassen. Als ich eine Anzeige sah, dass man in Hamburg Mädchen für Fotoaufnahmen suchte, habe ich mir gedacht: Wenn sie dich schon alle angaffen, sollen sie auch dafür bezahlen. Ich habe Aufnahmen für irgendwelche Magazine gemacht. Fotos, die in Ihren Kreisen wohl als obszön gelten."

Sie sah Karin Gonser provozierend an. Deren Gesichtszüge waren erstarrt, obwohl es in ihr heftig arbeitete.

„Es hat mir nichts ausgemacht, meinen Körper zu zeigen. Warum auch? Zu den Fotos kamen irgendwann noch Sexfilme. Ich habe dafür kassiert, wenn es auch hätte mehr sein können. Und dann kamen wieder andere und sagten, wenn ich wolle, könne ich noch mehr Geld machen. Verstehen Sie, Frau Gonser, ich bin absolut freiwillig dahin gegangen, wo ich jetzt herkomme."

Sie machte eine Pause und Karin Gonser war froh darüber, denn es fiel ihr schwer, diesem Bericht zuzuhören.

Dagmar setzte wieder an, aber jetzt sprach sie leiser und es war, als ob sie mit sich selbst redete. „Du lässt dich auf diese Sache ein und denkst, du hast alles im Griff. Einige Zeit glaubst du, dass du jederzeit aufhören könntest. Aber dich haben schon längst andere im Griff und raffiniert sorgen sie dafür, dass du abhängig wirst. Sie geben dir, solange du jung und schön bist, genug, dass du denkst, du könntest jederzeit aufhören und was anderes machen. Aber am Ende ist es doch zu wenig, als dass du es je schaffen könntest. Eines Tages wachst du auf und siehst die alternden Frauen auf dem Kiez, die ihr Leben lang der Illusion geglaubt haben, sie kämen mal raus. Und dann packt dich die Angst, du könntest auch so enden und aussehen wie sie: verbraucht, abgestumpft, hässlich und vulgär."

Wieder schwieg sie. Dann sah sie Karin und Martina an.

„Vielleicht wäre es noch länger so weitergegangen, doch dann sollte ich mich um einige der Osteuropäerinnen kümmern. Frauen aus der Slowakei, wie Jana, oder aus der Ukraine und sonst woher. Die hatten sich ihren Deutschlandaufenthalt anders gedacht. Da dachte ich mir: Nein, ohne mich. Bei der nächsten Gelegenheit haust du ab und nimmst wenigstens eine von ihnen mit. Mit der Hilfe Ihres Mannes bin ich jetzt hier, Jana ist immer noch dort."

Sie versuchte mühsam, ihren Schmerz um die Freundin Jana zu beherrschen, und suchte ein Taschentuch, um sich die Augen zu wischen. Dann sah sie Karin an.

„Nun kennen Sie meine Geschichte. Ich hatte nicht die Absicht, sie Ihnen zu erzählen. Aber wenigstens wissen Sie jetzt, wer Ihnen und Ihrem Mann das alles angetan hat. Ich war nie verheiratet und weiß nicht, ob ich Sie ganz verstehen kann. Aber Horst, wenn auch nicht ganz freiwillig, ist seit Jahren der erste Mann, dem ich wirklich etwas verdanke und der etwas für mich getan hat."

Karin erhob sich. „Ich danke Ihnen, Dagmar, dass Sie bereit waren, mit mir zu reden. Ich weiß noch immer nicht, wie das alles mit Horst und mir weitergehen soll. Aber dieses Gespräch war für mich wichtig. – Nein, Martina, bleib sitzen. Ich kenne den Weg zur Tür."

„Frau Gonser", sagte Dagmar, „versuchen Sie, Horst zu verzeihen. Ich will nicht, dass über alldem auch noch Ihre Familie kaputtgeht. Es ist auch so schon alles schlimm genug."

„Wir werden sehen", sagte Karin Gonser und machte rasch die Tür zu. Ihre Tränen wollte sie für sich behalten.

Neue Entwicklung

Es war Dienstagabend, als bei Horst Gonser das Telefon klingelte. Dagmar war am Apparat.

„Horst, ich möchte mich von dir verabschieden. Morgen früh bringt mich Klaus weg. Es hat alles viel früher geklappt, als ich dachte. Um ganz ehrlich zu sein: es ist mir fast zu früh. Es hat mir gut getan, bei Klaus und Martina Gast zu sein und innerlich Abstand von Hamburg zu bekommen. Ich hätte es noch eine ganze Weile so ausgehalten. Aber Klaus sagt, die Gelegenheit sei günstig und es wäre dumm, sie fahren zu lassen. Ich darf dir nicht sagen, wohin ich gehe. Es ist irgendeine Einrichtung seiner Kirche, wo ich in der Küche arbeiten soll. Ich habe ziemlich Fracksausen. Stell dir vor, ich, die Kiez-Pflanze, unter so komischen Kirchenleuten. Und dann auch noch in einer Großküche. Ob das gut geht?"

„Ach, wenn sich jemand trotz schwieriger Umstände behaupten kann, dann bist du es. Du schaffst das."

„Na, ich weiß nicht", zweifelte sie, „auf jeden Fall wollte ich dir noch einmal Danke sagen, bevor ich gehe. Danke auch, dass du mich zu deinen Freunden gebracht hast. Bei ihnen habe ich wieder das Lachen gelernt, wenigstens ein bisschen. Und, was ich noch sagen wollte ...", sie zögerte einen Moment, „es tut mir Leid, dass ich dir so viele Probleme bereitet habe. Wie geht es mit deiner Frau?"

„Besser, seitdem ihr beide miteinander geredet habt. Ich schlafe zwar immer noch im Amtszimmer, aber wir sprechen wieder miteinander und versuchen, den jeweils anderen zu verstehen."

„Ist sie in der Nähe? Frage sie, ob sie mit mir reden will."

Das Telefonat zwischen beiden Frauen dauerte wesentlich länger als Gonsers Telefonat mit seinem Schützling. Karin schickte ihn deswegen vor die Tür. Schließlich rief sie ihn wieder herein und ehe er es sich versah, bekam er einen schallenden Kuss auf sein Ohr. Er musste in diesem Augenblick recht komisch ausgesehen haben, denn sie lachte kurz auf.

„Das war im Auftrag deiner Freundin, du Weiberheld!"

Dann wurde sie wieder ernst. „Bevor du übermütig wirst, tu mir einen Gefallen. In der Küche wartet die Spülmaschine darauf, dass man das saubere Geschirr ausräumt, das schmutzige hinein und das Ding einschaltet."

Nicht immer war er so bereitwillig in die Küche gegangen

wie in diesem Augenblick. Als er später am Abend zum Schlafen wieder in sein Dienstzimmer ging, fand er sein Bettzeug nicht mehr. Karin hatte es nach oben gebracht.

So war er recht guter Dinge, als er am nächsten Vormittag Besuche in seiner Gemeinde machte. Normalerweise erledigte er Gemeindebesuche zu Fuß, da er aber im Anschluss noch etwas in der Innenstadt besorgen wollte, hatte er sein Auto dabei.

Als er eben nach einem Besuch dabei war, sein Auto aufzuschließen, trat plötzlich ein Mann neben ihn. „Würden Sie uns bitte ein Stück mitnehmen?"

Überrascht blickte er auf und erschrak heftig. „Mein Gott!", sagte er.

„Nicht doch", grinste der andere, „ich bin's bloß." Es war Rolf.

Dann näherte sich der andere, Igor, der Hecktür des Wagens.

„Also los", befahl Rolf, „du weißt ganz genau, dass Neinsagen keinen Wert hat. Wir machen jetzt eine kleine Fahrt ins Grüne, wo wir uns ungestört unterhalten können. Und keine Zicken!"

Gonser fuhr den Wagen auf einen kleinen Waldparkplatz, wo jetzt am späten Mittwochvormittag kein Mensch war.

„Junge, du bist so blass um die Nase. Du brauchst frische Luft. Aussteigen!"

Sie stiegen aus. Die zwei Männer standen vor ihm. „Was wollen Sie von mir?", fragte er und hoffte, dass man seiner Stimme die Angst nicht anhörte.

Im selben Augenblick versetzte ihm Rolf einen fürchterlichen Schlag in die Magengrube. Er rang nach Luft und kippte nach vorn. Igor versetzte ihm einen Kinnhaken, dass er nach hinten gerissen wurde und zu Boden ging. Als Igor ihm noch einen Fußtritt verpassen wollte, hielt ihn Rolf zurück.

„Lass ihn, wir müssen mit ihm reden."

Horst Gonser erhob sich mühsam.

„So", sagte Rolf, „das war für meinen Sturz vom Motorrad

und für Igors schmerzende Rippen. Es wird ernst für dich, Freundchen. Komm, setz dich dahin." Er führte ihn zu einer Sitzgruppe aus Holz.

„Sag mal", begann Rolf das Gespräch und setzte sich mit Igor ihm gegenüber, „was hast du dir dabei gedacht, eines unserer besten Hühner aus dem Stall zu holen? So etwas macht man nicht unter Ehrenmännern. Weißt du, der Kiez hat auch seine Gesetze. So etwas kommt zwar schon mal vor, aber dann gibt es zwei Möglichkeiten: Entweder es gibt Krieg unter den Banden oder man einigt sich auf eine Summe. Mit dir halben Portion kann man keinen Krieg führen. Also wirst du zahlen müssen."

Horst Gonser schwieg und schickte ein Stoßgebet zum Himmel.

„Aber bevor wir über Geld reden, noch was anderes: Wo ist unser kleiner Liebling eigentlich?" Rolf sah den Pfarrer eindringlich an.

„Sie ist nicht hier. Ich weiß nicht, wo sie ist." Das entsprach sogar der Wahrheit. Gonsers Hirn lief heiß. Er versuchte, seine Angst zu beherrschen und wieder klar zu denken. Er musste sich jedes Wort überlegen.

Rolf zog eine Grimasse. „Komm, Junge, erzähl uns keinen Blödsinn. Du hast sie rausgeholt und jetzt willst du uns weismachen, dass du nicht weißt, wo sie ist?"

„Ich weiß es wirklich nicht!", wiederholte er seine Aussage.

„Aber vielleicht weißt du wenigstens noch, wo du sie hingebracht hast, und vielleicht hilft dir das, dich zu erinnern." Rolf zog seine Pistole aus der Tasche und legte sie vor sich auf den Tisch. „Seid ihr an dem selben Abend noch aus Hamburg raus?"

„Ja", nickte Horst Gonser, „aber wir haben gewartet, bis es dunkler wurde. Dagmar hielt das für besser."

„Wusstest du, dass sie Dagmar heißt?", fragte Igor und sah zu Rolf.

„Lass das jetzt, Igor." Er wandte sich wieder an Gonser. „Ihr seid also im Lauf des Abends aus Hamburg losgefahren, und dann?"

Horst Gonser zögerte einen Augenblick. „Ja, also dann sind wir auf der A 7 nach Süden gefahren. Ich habe sie gefragt, was sie vorhat. Da sagte sie, ich solle sie nach Kassel bringen. Dort käme sie unter."

„Nach Kassel", wiederholte Rolf und sah sein Gegenüber prüfend an, „erzähl mal weiter. Wo in Kassel wollte sie denn hin?"

Horst Gonser schwitzte Blut und Wasser. „Ich sollte sie einfach in der Innenstadt rauslassen. Da in der Nähe wohne eine Freundin von ihr. Sie käme dann schon selbst zurecht, hat sie mir gesagt."

„Wann wart ihr denn in Kassel?"

Gonser zuckte mit den Achseln. „Das könnte so nachts gegen halb zwei Uhr gewesen sein."

Rolf schüttelte seinen Kopf. „Was bist du doch für ein unhöflicher Kerl! Eine junge Dame mitten in der Nacht in einer großen Stadt einfach so aussetzen. Wie kann man nur?"

„Sie wollte es so", beharrte Horst Gonser auf seiner Aussage.

Rolf nickte leicht mit dem Kopf und sah zu Igor. Der stand auf und stellte sich hinter den Pfarrer.

„In Kassel", sagte Rolf wieder, „mitten in der Nacht steigt sie in Kassel aus und du bist aus dem Schneider und alle Probleme los. Du bringst sie nicht mal zur Haustür dieser Freundin und überzeugst dich, dass die überhaupt zu Hause ist? Eine schöne Geschichte, die du da erzählst. Weißt du, sie hat nur einen Nachteil: Ich glaube dir kein Wort!"

Auf ein Zeichen knallte Igor den Kopf Gonsers auf den hölzernen Tisch. Gonser schrie auf und spürte, wie ihm das Blut aus der Nase lief.

„Jetzt hör mal gut zu", sagte Rolf und seine Stimme war laut und böse, „ich kenne Paola schon etwas länger als du. Das Weib hat nicht nur einen hübschen Hintern, sondern sogar Grips. Wenn sie dich so weit gebracht hat, dass du sie abholst, dann hat sie auch weiter gedacht. Dann wollte sie auch, dass du sie gut und bequem unterbringst. Außerdem wollte sie ja die Slowakin mitnehmen. Darum nehme ich dir die Geschichte mit der Freundin in Kassel erst recht nicht ab. Paola wusste ganz genau, warum sie mit so einem Himmelskomiker wie dir anbändelt."

Er sah sein Opfer wütend an. „Ich kenne Paola. Hat sie dir überhaupt vorher von der Slowakin erzählt?"

Horst Gonser schüttelte seinen Kopf und suchte ein Taschentuch, um sich das Blut abzuwischen.

„Das könnte ich dir vielleicht sogar glauben", sagte Rolf, „aber das ist jetzt auch egal. Jana haben wir ja. Jetzt will ich von dir wissen, wo Paola steckt." Er hielt ihm die Pistole an den Kopf. „Und ich will jetzt die Wahrheit wissen!"

Rolf starrte Horst Gonser an. Der befand sich in einem Zustand zwischen Todesangst und grenzenloser Wut, die allmählich in ihm aufgestiegen war. „Okay", sagte er schwer atmend, „okay, die Geschichte mit Kassel ist erlogen. Es war anders."

„Siehst du, es geht doch", sagte Rolf in seinem hinterhältig-freundlichen Plauderton, „im Grunde nehme ich dir die Lüge auch nicht übel. Jeder muss sehen, wo er bleibt. Also, was habt ihr gemacht?"

„Zu meiner Frau konnte ich sie nicht bringen." Rolf nickte verständnisvoll mit dem Kopf. „Auch in der Gemeinde sah ich keine Möglichkeit. Ich hatte mir überlegt, was ich tun könnte. Ich habe sie darum nach Stuttgart auf den Hauptbahnhof gefahren. Dort ist ständig jemand bei der Bahnhofsmission. Wir haben uns dort gemeldet und ich habe darum gebeten, dass das Diakonische Werk sich um sie kümmert. Die haben da Wohnheime und so, und vor allen Dingen haben sie geschulte Leute, die sich um Frauen wie Dagmar kümmern."

Igor sah Rolf fragend an. Der wiegte seinen Kopf leicht hin und her. Dann wandte er sich wieder an sein Opfer.

„Die Geschichte gefällt mir schon viel besser. Wollen wir für dich hoffen, dass sie auch wahr ist. Auf alle Fälle bedeutet sie, dass es dich nur ein Telefonat kostet, um sie wieder nach Burgheim zu bringen."

Horst Gonser erschrak. Er bemühte sich, seine Lügengeschichte so glaubhaft wie möglich weiterzuspinnen.

„So einfach ist das nicht. Ich weiß nicht, wohin sie Dagmar gebracht haben. Und wenn sie bei der Mitternachtsmission ist, also die kennen sich im Milieu aus und schützen auch eine Aussteigerin."

Igor grinste. „Mitternachtsmission – heißt das wirklich so? Mann, ihr seid schon komische Typen."

Auch Rolf grinste, wurde aber rasch wieder ernst. „Pass auf", wandte er sich an Horst Gonser, „wie immer das heißt und wo immer sie ist. Du hast sie zu einer kirchlichen Einrichtung gebracht und du bist ein Kirchenmann. Du hast sie reingebracht, also wirst du auch dafür sorgen, dass sie rauskommt und mit uns reden kann. Es ist mir schietegal, ob das für dich einfach oder schwer ist. Auf alle Fälle wirst du dich ganz schrecklich beeilen. Wie wäre es mit morgen? Pass gut auf, Junge, wir haben dich seit Montag genau im Visier. Als Zeichen dafür, dass du soweit bist, wird du in das Fenster in deinem Büro, das auf die Straße geht, irgendein schönes Bild hängen. Wir werden uns bei dir melden. Dass du die Polizei aus dem Spiel lässt, bedarf wohl keiner Erwähnung."

„Sieh mal genau her, Herr Pfarrer", ergänzte Igor und kramte in seiner Tasche, „siehst du dieses Bild hier? Es hat uns schon viel Spaß gemacht. So heiß, dass man sich beinahe die Finger verbrennt. Du und Paola, Donnerwetter! Sie hat da wohl beim Arbeiten mit dem PC verschiedene Probenausdrucke gemacht. Wir haben es gut versteckt in Paolas Schrank gefunden. Vor allen Dingen die Visitenkarte dabei hat uns sehr geholfen."

„Tja", sagte Rolf mit sichtlichem Vergnügen, „da haben wir dann zwei und zwei zusammengezählt. Weißt du, Paola ist clever, aber manchmal etwas schlampig. Und in der Eile ihrer Flucht hat sie wohl nicht aufgepasst. – Langer Rede kurzer Sinn: Mach einen falschen Schritt und ganz Burgheim lacht über dich. Aber wenn du vernünftig bist, passiert gar nichts. Hör gut zu! Wir wollen nur mit Paola reden, nichts weiter. Es gibt da noch ein paar Sachen mit ihr zu klären. Was dich betrifft, du kannst sie freikaufen. Wenn wir uns mit ihr treffen, wirst du uns 10 000 geben. Das ist ein Freundschaftspreis. Auf dem Kiez wäre sie mehr wert."

„Ich habe nicht so viel Geld", stotterte Horst Gonser.

„Dann leih dir welches. Das müsste es dir doch wert sein, ein gefallenes Mädchen zu retten. Sei nicht blöd, Mann. Wir wollen nur mit ihr reden. Du gibst uns das Geld, nimmst die kleine Nutte wieder mit und dann seid ihr beide aus dem Schneider. Wenn das kein Angebot ist! Menschenskind, schalte dein Hirn ein!"

Horst Gonser war klar, dass er die beiden Gangster mit weiteren Einwänden nur provozieren würde. Es galt jetzt erst einmal, Zeit zu gewinnen.

„Ich will versuchen, das Geld aufzutreiben."

„So ist es brav! Und jetzt, Herr Pfarrer, darfst du nach Hause zum Mittagessen."

Als die beiden Zuhälter wieder allein waren, fragte Igor: „Nimmst du ihm die Geschichte ab?"

„Warum nicht?", erwiderte Rolf. „Jedenfalls könnte sie stimmen. Wir haben bisher auch nicht ein Haar von Paola gesehen. Wir können ihm nur die Daumenschrauben anziehen und hoffen, dass das wirkt und er keine Dummheiten macht."

„Trotzdem", sagte Igor, „ich habe kein gutes Gefühl bei der Sache. Auf heimischem Boden würde ich mich wohler fühlen. Warum müssen wir unbedingt Paola auftreiben? Okay, ein gutes Huhn ist weg, aber deswegen bricht nicht alles zusammen."

„Du Idiot", sagte Rolf, „kein Mensch fragt danach, ob du ein gutes Gefühl hast. Unsere Chefs sind nervös, weil sie Jana mitnehmen wollte. Das ist eine kitzlige Geschichte. Paola muss ausgeschaltet werden, bevor sie falsche Dinge über die Mädchen aus dem Osten ausplaudert. Aber ich bin auch froh, wenn wir wieder zu Hause sind und das hier erledigt haben."

Die Daumenschrauben

Karin Gonser war entsetzt, als sie sah, in welchem Zustand ihr Mann nach Hause kam. „In was für Situationen bringst du uns?" Aber die Sorge um ihren Mann war in diesem Augenblick größer als ihr Zorn auf ihn.

Als er sich das Blut aus dem Gesicht gewaschen und ein Glas Wasser getrunken hatte, sagte sie: „Wir müssen zur Polizei gehen. Das schaffen wir nicht allein."

„Das ist nicht so einfach. Sie sagen, sie beobachten uns seit Montag."

„Dann werden wir eben anrufen, Horst!"

„Ich will zuerst mit Klaus telefonieren. Er muss auch wissen, dass die hinter Paola, nein, hinter Dagmar her sind."

Klaus war aber nicht zu Hause. Knapp zwei Stunden würde es noch dauern, meinte Martina. Zwei Stunden später klappte die Verbindung. Klaus' Stimme klang entschieden. „Ich werde zur Polizei gehen, aber nicht auf unser hiesiges Polizeirevier, sondern zur Kripo nach Rallingen."

Eine knappe Stunde später war der aufnehmenden Oberkommissarin Trautwein in Rallingen die Skepsis anzumerken.

„Habe ich Sie richtig verstanden, Herr Brunkhorst? Ihr Freund macht eine berufliche Reise nach Hamburg. Eine Prostituierte bittet ihn, sie aus dem Milieu zu holen. Er tut es, Kavalier, der er ist, und nun tummelt sich die halbe Kiez-Mafia in Burgheim und bedroht Ihren Freund."

Er ging auf ihre Ironie nicht ein „So etwa ist es."

„Wie heißt die Dame denn?"

„Ihr Name ist Dagmar Hinrichs. Sie ließ sich in Hamburg allerdings Paola nennen."

„Wie hat ihr Freund denn diese Frau kennen gelernt?"

„Das ist doch jetzt nicht wichtig", erwiderte er ungeduldig.

„Verzeihung", beschied sie ihn kühl, „wenn ich ermitteln soll, entscheide ich auch, was ich für wichtig halte und was nicht. Und die zwei Männer: Wie heißen die und wie sehen sie aus?"

„Sie heißen Rolf und Igor. Was das Aussehen betrifft, müssen Sie meinen Freund, Pfarrer Gonser fragen."

„Wie kommt es eigentlich, dass die Zuhälter die Adresse von Pfarrer Gonser kennen?"

„Entschuldigung bitte, mich interessiert viel mehr, was Sie tun werden, um meinen Freund und seine Familie zu schützen!"

Sie sah ihn entnervt an. „Was ich tun werde? Ich werde Sie jetzt bitten, für einige Zeit auf dem Gang Platz zu nehmen, damit ich ungestört telefonieren kann. Das heißt, vorher muss ich noch wissen, wie ich die junge Dame, um die sich alles dreht, erreichen kann."

„Bitte, Frau Oberkommissarin, darf ich sie zuerst anrufen? Wenn die Polizei da, wo ich Frau Hinrichs hingebracht habe, anruft, dann kriegt die Bedauernswerte dort keinen Fuß auf den Boden. Das versaut ihre Chancen in dem Heim."

„Wenn es denn unbedingt sein muss, Herr Brunkhorst", zierte sich die Kriminalbeamtin. Als Brunkhorst Dagmar am Apparat und ihr kurz die Situation geschildert hatte, schickte die Kommissarin ihn mit einer eindeutigen Handbewegung hinaus. Es dauerte recht lange, bis sie aus ihrem Zimmer kam.

„So, Herr Brunkhorst, jetzt gehen Sie mal hübsch nach Hause. Ihr Teil ist erledigt. Ich habe mit Frau Hinrichs gesprochen, mit Ihrem Freund Gonser und nicht zuletzt mit einem Hamburger Kollegen. Zu Herrn Gonser werde ich nachher fahren."

„Passen Sie bloß auf, wenn die Burschen ihn tatsächlich beobachten ..."

„Herr Brunkhorst, wir haben die Situation durchaus im Griff. Außerdem wurden in meiner Ausbildung auch solche Situationen besprochen."

Eine Stunde später stand sie mit einem Kollegen vor Gonsers Haustür. Sie trug einen schwarzen Hosenanzug, ihr Kollege hatte eine schwarze Krawatte umgebunden. „Guten Tag, Herr Pfarrer! Trautwein ist mein Name. Ich komme wegen des Trauerfalls."

Die Oberkommissarin hatte viele Fragen. Nachdem sie ihm versichert hatte, dass die Polizei sehr diskret sei, berichtete er ihr, wie er Dagmar kennen gelernt hatte. Dabei erzählte er bereitwillig von der verlorenen Visitenkarte, verschwieg aber die Sache mit der Kamera, um seinen Schützling nicht in mögliche Schwierigkeiten zu bringen. Seine entscheidende Frage an die Polizistin aber lautete:

„Was mache ich jetzt mit Rolf und Igor? Die wollen Frau Hinrichs schon morgen sehen."

„Halten Sie sie hin, erfinden Sie Ausreden", antwortete die Oberkommissarin, „wir dürfen Frau Hinrichs keinesfalls in Gefahr bringen. Wenn die möglicherweise einiges über den Frauenhandel mit Osteuropäerinnen weiß, ist ihr Leben bedroht."

„Was ist mit der Gefahr für meinen Mann?", fragte Karin Gonser, der der Gedanke, Horst müsse noch länger und öfter mit den Zuhältern verhandeln, höchst unangenehm war.

„Ich schätze die Gefahr für Ihren Mann vergleichsweise gering ein. Gewiss, ich verstehe Sie. Es ist nicht angenehm, mit solchen Leuten reden zu müssen. Aber bedenken Sie, Frau Gonser: Ihr Mann ist für diese Herren der einzige Weg, Frau Hinrichs zu finden. Sie können es sich nicht leisten, ihm wirklich etwas anzutun. Außerdem müssen wir sie hinhalten. Wir müssen möglichst viel Zeit gewinnen. Meine Hamburger Kollegen arbeiten mit Hochdruck. Sie müssen in diesem Fall aber verdeckt ermitteln. Polizeiarbeit bei Menschenhandel ist eine schwierige und gefährliche Angelegenheit."

„Das könnte stimmen", sagte Horst Gonser trocken und fasste an sein immer noch schmerzendes Kinn.

Wie hartnäckig seine Bedränger waren, erfuhr er gleich am nächsten Tag. Als er bis Mittag kein Zeichen in sein Fenster gehängt hatte, kam prompt ein Anruf. „Was ist los? Warum funktioniert die Geschichte nicht?"

„Hören Sie zu", sagte Horst Gonser, „es ist, wie ich es Ihnen gesagt habe. Paola ist jetzt bei der Diakonie und die halten die Hand über sie. Obwohl ich es war, der sie dorthin geschickt hat, musste ich mich bei der einen Sachbearbeiterin, so einer Superfeministin, schon beinahe des Verdachts erwehren, ich wolle Paola aus allzu eindeutigen Gründen sehen. Sie haben sich auch geweigert, mir zu sagen, wohin sie sie gebracht haben. Und der Abteilungsleiter ist zur Zeit weg."

„Junge", sagte Rolf, „ich habe dir schon mal gesagt, dass es dein Problem ist, wie du sie herschaffst. Langsam werde ich nervös und das ist nicht gut für dich. Ich melde mich morgen, dann würde ich sie liebend gern sehen. Denke daran, dass wir das nette Bild haben. Freundlicherweise hast du im Schaukasten deiner Gemeinde ja die Namen der Kirchenältesten stehen. Was die wohl von dir denken, wenn sie das Bild sehen!? Abgesehen davon: Wir haben noch andere Mittel. Denk an deine Familie!"

Bevor Horst Gonser antworten konnte, war die Verbindung unterbrochen.

Er rief sofort bei der Kriminalpolizei an. „Danke, halten Sie uns weiter auf dem Laufenden", bekam er zu hören und hätte doch gern wenigstens einen guten Rat bekommen.

Rolf meldete sich bereits am frühen Freitagvormittag wieder. „Hör zu, Himmelskomiker, wir sehen uns heute Mittag um 12.00 Uhr an dem Waldparkplatz, wo wir uns schon mal so nett unterhalten haben. Die einzige Begleitperson, die ich bei dir dulden werde, ist Paola. Bring sie mit, sonst reiße ich dir den Kopf runter. Kein Wort zu jemand anders. Du warst doch brav und hast die Polizei außen vor gelassen?"

„Ja, natürlich“, beeilte er sich zu sagen.

„Bring das Geld mit!“

„Ich habe noch nicht so viel beisammen.“

„Junge, du gehst mir auf die Nerven! Dann bring so viel, wie du auftreiben kannst, den Rest wirst du später bezahlen – dann aber mit Zinsen.“

Wieder rief er bei der Kripo in Rallingen an. „Was soll ich machen?“

„Hingehen natürlich“, antwortete ihm die Kriminaloberkommissarin. „Bitte, tun Sie mir den Gefallen“, ergänzte sie, als sie sein Zögern spürte.

„Und was ist mit Dagmar Hinrichs? Der Kerl tut mir was an, wenn ich sie nicht bringe.“

„Er wird Ihnen schon nichts tun, Herr Gonser. Denken Sie sich eine Geschichte aus. Aber wir können auf keinen Fall riskieren, dass die Bande die junge Frau zu Gesicht bekommt.“

„Dieser Rolf hat auch gedroht, meiner Familie etwas anzutun, wenn ich ihm Frau Hinrichs nicht bringe.“

„Ich halte das für Bluff, bloße Drohgesten. Rolf und sein Freund Igor müssen sehr vorsichtig sein. Die sind an einer Eskalation nicht interessiert. Aber wenn es Sie beruhigt: Ich will schauen, ob ich jemanden freistellen kann, der unauffällig in Ihrer Nähe ist.“

„Und was ist mit dem Geld, das ich ihm zahlen soll?“

Die Kriminalbeamtin überlegte. „Geben Sie ihm einen Teil der Summe. Das wird in ihm den Eindruck verstärken, dass Sie mit ihm kooperieren. Wir arbeiten mit Hochdruck an der Sache, aber wir sind noch nicht so weit.“

Als Horst Gonser sich gegen Mittag auf den Weg machte, fiel ihm niemand auf, der ihm folgte. Auch auf dem Waldparkplatz war er allein, als er seinen Wagen abstellte. Er wusste nicht, ob er das für ein gutes oder schlechtes Zeichen halten sollte. Immer wieder musste er die aufsteigende Angst niederkämpfen.

Zu seiner Überraschung erschien nach etwa zehn Minuten Rolf allein. Seine Miene verfinsterte sich, als er bemerkte, dass Paola nicht dabei war. „Dass wir beide allein sind, gefällt mir nicht. Wo ist Paola? Junge, ich habe das blöde Gefühl, du willst mich verscheißern!"

„Hören Sie zu", sagte Horst Gonser beinahe beschwörend, „ich habe Ihnen schon mal gesagt, es ist nicht einfach. Aber ich bin an der Sache dran. Nächste Woche könnte es klappen. Ja, da wird es gehen. Da ist dieser eine Vorgesetzte wieder da, auf den es ankommt."

„Was bist du für ein Jammerlappen!", fauchte Rolf. „Da bringst du, der Kirchenmann, das Weib in eine kirchliche Einrichtung und bist nicht imstande, sie da mal für ein paar Stunden wieder rauszuholen. Mir geht es bei deinem Geschwätz wie bei deiner hirnrissigen Geschichte mit Kassel. Ich glaube dir kein Wort."

Es war nichts als ein Übertönen seiner Angst, als Horst Gonser ihn anschrie: „Dann ruf doch selber bei der Diakonie an, du blöder Hund, und versuch, ob du es besser kannst!"

Rolf holte zu einem Schlag aus, aber Pfarrer Gonser war dieses Mal vorbereitet. Er bückte sich weg und schlug in einem Reflex seine Faust auf Rolfs Kinn. Der taumelte nach hinten, hatte sich aber schnell wieder in der Gewalt. Gonsers Schlag war nicht so stark gewesen, dass er einen an Schlägereien gewohnten Kerl wie Rolf niedergestreckt hätte. Dessen Hand fuhr in seine Tasche und holte die Pistole.

„Was glaubst du, wer du bist? James Bond vielleicht?", zischte er. Mit der Waffe in der Hand fühlte er sich wieder überlegen.

Horst Gonser rechnete mit seinem Leben ab, aber zu seiner Überraschung wurde Rolf ganz ruhig.

„Okay", sagte er, „es hat keinen Sinn, wenn wir beide die Nerven verlieren. Setz dich da auf die Bank und dann reden wir über die Sache." Mit der anderen Hand fuhr er in die Tasche und holte ein Handy. Er drückte einige Tasten und dann hörte Horst Gonser ihn sagen: „Er hat sie nicht dabei. Also los jetzt!"

Der Pfarrer rätselte, was diese Worte zu bedeuten hätten. Doch Rolf setzte sich ihm ruhig gegenüber.

„Hör gut zu, Pfarrer", sagte er und es klang beinahe freundlich, „wir werden nicht bis nächste Woche warten. Wir sind schon viel zu lange in diesem Kaff. Versetz dich mal in meine Lage. Du bist doch sicher ein Mann mit Phantasie. Du würdest doch auch nicht so lange warten wollen. Siehst du! Und darum haben wir uns überlegt, wie wir die Sache etwas beschleunigen können. Aber zunächst einmal zu den Finanzen. Hast du das Geld?"

„Ja, 4 000."

„Das ist wohl die berühmte schwäbische Sparsamkeit. Den Rest bekomme ich, wenn wir mit Paola reden. Hast du mich verstanden?"

Rolf nahm den Umschlag, zählte das Geld nach und zündete sich eine Zigarette an. Er machte ein paar Züge und sah dann auf seine Uhr. Horst Gonsers Unruhe wuchs. Rolfs Plauderton zeigte, dass er sich obenauf fühlte, und die Ruhe, mit der er die Zigarette rauchte, war unheimlich.

„Pass auf, Pastor, du hast doch zwei süße Kinder. Besonders das Mädchen gefällt mir. Sie ist etwa zwölf Jahre alt. Stimmt das? Weißt du eigentlich, dass es Leute gibt, die für so ein Mädchen sehr viel Geld bezahlen?"

Horst Gonser schwindelte es. Was hatte das zu bedeuten? „Was haben Sie vor?", würgte er heraus.

„Tja", sagte Rolf und sein Ton wurde noch freundlicher und hinterhältiger, „weißt du, bisher kennst du nur Igor und mich. Igor ist ein bisschen doof, aber wir haben auch noch Drago dabei. Drago ist ein merkwürdiger Kerl. Wenn du ihm eine Zeitung gibst, wird er sich wahrscheinlich nur für die Bilder interessieren. Denk nicht, dass er nicht lesen kann, aber er belastet sein Hirn nicht gern mit Dingen, die er für unwichtig hält. Aber zeige ihm eine Beute, dann ist er wie ein gut dressierter Jagdhund, der nicht locker lässt. Das Wenige an guten Manieren, das ihm seine Mutter mal beigebracht hat, hat er im Kosovo-Krieg verloren. Ja, also dieser Drago ist gerade am Zug."

„Was heißt das? Was haben Sie vor?", fragte Horst Gonser noch einmal und seine Stimme zitterte.

Rolf sah wieder auf seine Armbanduhr. „Wir haben euch genau beobachtet. Deine Kleine geht doch in Rallingen aufs Gymnasium. Wenn ich so auf die Uhr schaue, müsste sie etwa jetzt mit dem Schulbus in Burgheim ankommen und dann zirka fünf Minuten später bei dir zu Hause sein. Habe ich Recht?"

Horst Gonser nickte angsterfüllt.

„Gut", fuhr Rolf fort, „dann ruf mal in fünf Minuten bei deiner Frau an und frage sie, ob deine Kleine schon angekommen ist. Du hast doch ein Handy bei dir?"

Wieder nickte Horst Gonser. Die fünf Minuten Wartezeit waren eine Folter. Wenn die Kerle Anna hatten, dann war alles aus. Dann musste Dagmar erscheinen und zwar egal wie, Hauptsache so schnell wie möglich. Er konnte nicht mehr. Mochte mit ihm oder mit Dagmar geschehen, was wollte, aber seine Tochter sollten diese Kerle nicht bekommen.

Rolf blickte erneut auf seine Armbanduhr. „Okay, ruf zu Hause an. Aber –„ fügte er warnend hinzu, „kein falsches Wort!" Er nahm die Pistole in seine Hand, um das Gesagte zu unterstreichen.

Horst Gonser wählte seine Nummer. Karin meldete sich wie erwartet.

„Horst, wo bist du? Warum bist du noch nicht zu Hause? Was ist los?"

„Ich komme bald. Sag mal, ist Anna schon zu Hause?"

„Nein, das beunruhigt mich auch. – Horst, warum fragst du? Horst, was ist los? Weißt du was von Anna, was ich nicht weiß?" Ihre Stimme war von Satz zu Satz lauter geworden.

„Schon gut, das hat sicher nichts zu bedeuten. Vielleicht hat sie sich mit ihren Freundinnen verbummelt. Ich komme bald. Reg dich nicht auf."

Er beendete das Gespräch und sah Rolf grinsen. „Mütter sind anstrengende Wesen, nicht wahr? Ständig haben sie Angst und regen sich auf. Fürchterlich! Meine Mutter war auch so. Ekelhaft, sag ich dir. – Aber jetzt zu unserem Geschäft. Du siehst, ich bluffe nicht. Also, wann bekomme ich Paola zu Gesicht?"

„Morgen", sagte Horst Gonser matt.

„Heute!", befahl Rolf.

„Das geht nicht", erwiderte Gonser kraftlos.

„Versuch es, verdammt noch mal!", rief Rolf.

Horst Gonser barg sein Gesicht in seinen Händen, als ob er so die rasenden Gedanken in seinem Hirn bremsen könnte. Er holte tief Luft und versuchte sich wieder zu beruhigen. Ruhig, Horst, ganz ruhig, dachte er, es kommt jetzt alles darauf an, dass du deine Nerven behältst. Gott im Himmel, hilf mir! Laut sagte er: „Gut, ich will es versuchen."

Er nahm sein Handy und rief seinen Freund Klaus an. Aber es war Martina, die sich meldete.

„Guten Tag, hier ist Horst Gonser. Könnte ich bitte einmal Ihren Vorgesetzten, Herrn Brunkhorst sprechen? Oder ist er in der Mittagspause? – Ja, wunderbar, ich warte. – Hallo, Herr Brunkhorst, Gonser hier. Ja, Horst Gonser. Ich weiß nicht, ob Sie das schon mitbekommen haben, es betrifft Sie ja nicht direkt. Durch meine Vermittlung ist eine junge Hamburgerin aus zweifelhaftem Milieu aufgenommen worden. – Ach, Sie haben davon gehört. Prima, dann muss ich Ihnen ja nicht alles erzählen. Es geht darum, dass ich diese junge Frau noch einmal sprechen muss. Das ist sehr dringend. Ihre Eltern, die ich mit Einverständnis der jungen Frau informiert habe, sind überraschend in Burgheim aufgetaucht und wollen ihre Tochter sehen und ihr wohl auch etwas geben. – Nein, bitte haben Sie Verständnis, die Eltern hätten es gerne, wenn ihre Tochter zu mir ins Pfarrhaus kommt. – Ja, ich weiß, dass das eigentlich nicht geht. Aber vielleicht könnte man doch einmal eine Ausnahme ... – Wissen Sie, der Vater der jungen Frau ist etwas kränklich. Schon die Reise nach Burgheim hat ihn sehr angegriffen. – Ja, natürlich, ich verbürge mich dafür, dass es keine Probleme geben wird und die junge Dame schleunigst zurückgebracht wird. Ich werde das persönlich tun. – Ich habe nur ein Problem. Ich weiß nicht, wo die entsprechende junge Dame untergebracht worden ist. Alle meine Versuche bei der zuständigen Abteilung, das in Erfahrung zu bringen, waren vergeblich. Ich habe mir da die Zähne ausgebissen. Ich weiß, dass die mit gutem Grund vorsichtig sind. Aber bei mir hätten sie ruhig eine Ausnahme machen können. – Ja, natürlich geht das nicht ohne Sie. Deswegen rufe ich Sie ja an. – Ach, Sie haben da demnächst ohnehin zu tun und kommen mit? Ja, das wäre natürlich ganz ausgezeichnet. Sie können dann mit mir fahren. Wann könnten Sie denn? – Nein, es ist mir sehr unangenehm, aber es müsste heute noch sein. – Ja, ich weiß, dass ich Ihnen damit viel zumute. Ich will mich bei Gelegenheit gern revanchieren. – 16.00 Uhr sagen Sie? Gut. Ich hole Sie dann also in Stuttgart ab, vor der Hauptverwaltung der Diakonie. Wunderbar, ich danke Ihnen vielmals. Wir sehen uns um 16.00 Uhr."

Rolfs Gesicht war während dieses Telefonats von Misstrauen gezeichnet.

„Ich habe mitbekommen, dass du diesen – Wie heißt der Kerl? – in Stuttgart abholst und dann fahrt ihr gemeinsam zu Paola. Muss der überhaupt dabei sein? Reicht es nicht, dass der einfach anruft?"

„Nein, bitte glauben Sie mir", bat der Pfarrer den Zuhälter, „ohne ihn kann ich Paola nicht holen. Aber er hat eine Stellung, dass sich ihm die Türen öffnen."

Rolf war noch nicht zufrieden. „Na gut", fragte er zweifelnd, „aber warum nimmt er sich heute am Freitag, wenn Feierabend ist, deinetwegen Zeit und fährt mit?"

Horst Gonser bemühte sich, ruhig zu bleiben und sich nicht

anmerken zu lassen, wie schamlos er log. „Sie haben ja mitbekommen, dass er in nächster Zeit ohnehin zu diesem Ort fahren wollte. Außerdem haben wir beide eine gute Beziehung zueinander. Ich konnte ihm schon mal einen großen Gefallen tun."

„Dann verstehe ich nicht, warum du ihn nicht schon viel früher gefragt hast. Den ganzen Ärger jetzt hättest du dir sparen können."

„Wenn man eine gute Beziehung zu hohen Tieren hat, sollte man vorsichtig damit umgehen", erwiderte Horst Gonser.

Das war eine Antwort, die in Rolfs Denkweise passte. „Na schön, dann muss ich umdisponieren. Der Kerl muss also dabei sein, wenn du Paola holst. Aber ich sage dir noch einmal: keine Tricks, oder du überlebst es nicht."

Horst Gonser nickte mechanisch.

„So, und jetzt zu den Einzelheiten. Ich will nämlich so bald wie möglich wieder in meinem Bett in Hamburg schlafen. Wann und wo wirst du diesen Kerl wieder los?"

„Das weiß ich nicht genau. Wahrscheinlich werde ich ihn anstandshalber wieder nach Hause fahren müssen."

„Gut, du bringst Paola danach nicht nach Burgheim, sondern wir werden irgendwo unterwegs an der Autobahn mit ihr sprechen. Sorg dafür, dass du genug Benzin im Tank hast. Wir werden dich nicht aus den Augen lassen. Gib mir deine Handy-Nummer, damit ich dich erreichen kann."

Horst Gonser schrieb die Nummer auf die Rückseite einer Visitenkarte. Dann kam ihm ein Gedanke. „Vielleicht ist es besser, Sie geben mir Ihre Nummer auch. Bei den üblichen Verkehrsverhältnissen am Freitagabend kann es leicht zu Situationen kommen, die man nicht vorhergesehen hat."

Rolf zögerte. Dann stimmte er schließlich zu.

„Was ist mit meiner Tochter? Was machen Sie mit ihr? Gnade Ihnen Gott, wenn Sie ihr auch nur ein Haar krümmen!"

Rolf grinste. „Pluster dich nicht so auf, Junge. Bring du mir Paola und deiner Tochter wird kein Haar gekrümmt. Und jetzt hau ab. Ich werde hinter dir her fahren. Pfoten weg vom Handy. Noch mal: Lass die Bullen aus dem Spiel und keine Tricks!"

Als Horst Gonser wieder zu Hause war, kam ihm zu seiner größten Überraschung Anna entgegen. „Papa, stell dir mal vor, was heute passiert ist. Im Wald zwischen Rallingen und Burgheim hat unser Bus plötzlich gerumpelt und der Fahrer hatte Mühe, geradeaus zu fahren. Wir hatten eine Reifenpanne. Mann, hat der Busfahrer getobt! Wir mussten alle warten, bis ein Ersatzbus kam."

Er griff sich an den Kopf und atmete laut aus.

„Uff, Kind, du glaubst gar nicht, wie froh ich darüber bin! – Diese ausgekochten Hunde! Am liebsten würde ich ..."

„Was meinst du, Papa? Wovon redest du?"

Er schwankte zwischen Lachen und Weinen. „Ach, lass es gut sein. Eltern sind manchmal etwas komisch."

„Für einen Vater eine bemerkenswerte Einsicht", sagte Anna altklug.

Auf der Autobahn

Horst Gonser musste nicht lange warten, bis sein Telefon läutete. „Werde ja nicht übermütig, nur weil du deine Kleine hast! Nimm es als Zeichen, dass wir auf unsere gemeinsame Verabredung bauen. Diesmal war es ein gezielter Schuss in einen Autoreifen, das nächste Mal könnte er auch anderswo hingehen."

„Ich habe verstanden", sagte Horst Gonser und spürte, wie seine Nervosität wuchs. Was würde dieser Tag noch bringen? Er sah auf seine Uhr. Viel Zeit blieb ihm nicht mehr. Schließlich musste er nach Stuttgart fahren, um das Täuschungsmanöver zu vollenden und Klaus dort vor der Diakonie abzuholen. Aber mit der Polizei musste er auch noch reden.

Die Oberkommissarin sei nicht zu sprechen, aber sie wisse bereits durch Klaus Brunkhorst Bescheid, teilte ihr Kollege mit.

Sie ließ auch noch ausrichten, dass sie ziemlich sauer über Horst Gonsers Eigenmächtigkeiten sei. Aber jetzt werde man alles versuchen, um die beteiligten Personen zu schützen. Klaus Brunkhorst habe einige Instruktionen erhalten, die er auf der gemeinsamen Fahrt weitergeben werde.

„Vielen Dank! Ihren Schutz kann ich wirklich brauchen und Gottes Schutz noch viel mehr. Aber es gibt etwas, was Sie noch nicht wissen. Da ist noch ein dritter Mann und wohl auch ein zweites Auto mit im Spiel. Drago heißt er." Er erzählte kurz von der vorgetäuschten Entführung.

„Den Nachnamen von diesem Drago kennen Sie nicht?", fragte der Beamte.

„Nein, ich habe ihn auch nicht gesehen. Nur dieser Rolf sprach von ihm."

„Drago?" Man spürte förmlich, wie der Beamte überlegte. „Drago, hm, da muss ich mal in unsere Computerdatei schauen. Irgendwie sagt mir der Name was. Einfacher wird die Sache dadurch nicht. Aber behalten Sie die Nerven. Wir tun, was wir können."

„Noch etwas, ich kann Ihnen die Telefonnummer von diesem Rolf sagen."

Kurz nach 16.00 Uhr stieg sein Freund Klaus in Stuttgart bei ihm ins Auto. Um das „hohe Tier" überzeugend darzustellen, hatte er einen schicken Blazer angezogen und eine Krawatte umgebunden.

„Uff, du bringst uns vielleicht in Situationen!"

„Hör auf, Klaus, du redest wie Karin."

„Wo deine Frau Recht hat, hat sie Recht. Aber erzähl mal, was passiert ist. Bei deinem komischen Telefonat habe ich ja nicht viel begriffen, nur so viel, dass dir das Wasser bis zum Hals steht."

„Sag du mir erst mal, wohin wir fahren müssen. Ich weiß immer noch nicht, wohin du Dagmar gebracht hast."

„Fahr auf die A 81 Richtung Bodensee. Ich habe für unsere

Großstadtpflanze einen Ort im Hegau mit viel beruhigendem Grün gefunden, ein Tagungsheim unseres Gemeindeverbandes. Wir werden jetzt ein ganzes Weilchen Zeit haben, über dies und jenes zu reden. Deine ganz besonderen Freunde aus Hamburg sind wohl hinter uns her, oder etwa nicht?"

„Siehst dahinten den roten Toyota? Ich glaube, das ist der, mit dem Rolf beim ersten Mal kam."

Jetzt erzählte Horst Gonser von der Begegnung am Morgen, bei der ihn Rolf hatte glauben lassen, Anna befände sich in der Gewalt der Gangster.

Klaus Brunkhorst schüttelte den Kopf. „Donnerwetter, diese Burschen riskieren ja eine Menge. Aber das bedeutet auch, dass sie selber furchtbar nervös sind. Die haben gewaltig Angst, dass Dagmar aus dem Nähkästchen plaudert, sonst hätten sie nicht so viel riskiert."

„Glaubst du, dass sie Dagmar umbringen wollen?"

„Unsere fabelhafte Oberkommissarin befürchtet es, und ich glaube, sie hat Recht. Allerdings werden sie vermutlich vorher mit ihr reden wollen."

„Aber die müssen doch davon ausgehen, dass ich die Polizei informiert habe! Glauben die im Ernst, dass ich ihnen jetzt brav Paola bringe?"

Klaus dachte einen Augenblick nach. „Weißt du", sagte er, „dass sie auch dieses Risiko eingehen, beweist noch einmal, wie nervös sie sind. Aber wahrscheinlich glauben sie auch, sie hätten dir so viel Angst gemacht, dass du nach ihrer Pfeife tanzt. Außerdem haben die Herren in den Chefetagen, die mit Menschenhandel wirklich das große Geld machen, ihre Position bestimmt schon längst abgesichert. Für die sind Rolf, Igor, Drago und Konsorten im Zweifelsfall nur Manövriermasse. Wenn da einer verhaftet wird, besorgen sie ihm einen guten Rechtsanwalt. Das war's dann. Aber vor allem sorgen sie dafür, dass ihnen selbst nichts passiert."

Es war viel Feierabendverkehr, aber der Verkehr staute sich

zum Glück nicht. Horst Gonser sah auf die Uhr am Armaturenbrett. Es war kurz vor fünf.

„So, Klaus, und jetzt will ich aus höchst eigennützigen Gründen wissen, was Frau Trautwein für uns tut."

Klaus Brunkhorst lachte kurz auf. „Ich habe sie natürlich sofort nach deinem komischen Telefonat angerufen und ihr gesagt, dass da was Unangenehmes am Laufen ist. Die Dame ist erst mal ausgerastet. Was uns einfalle, so eigenmächtig zu handeln! Außerdem seien die Kollegen in Hamburg noch nicht so weit, dass jetzt schon Verhaftungen erfolgen könnten usw. Und auch sie brauche schließlich Zeit, um einen sicheren Zugriff vorbereiten zu können. Ich habe sie dann gefragt, warum sie selbst nicht mit den Gangstern verhandelt habe. Es könne doch nicht Aufgabe der Polizei sein, einen braven Steuerzahler wie dich dem wachsenden Druck von Verbrechern auszusetzen. Da hat sie geschluckt und war danach viel zugänglicher. Ich müsse verstehen, wie schwierig es auch für sie sei. Von deinem fabelhaften Kinnhaken für Rolf hat sie übrigens gewusst. Irgendwo muss sie einen Beobachter stationiert gehabt haben."

„Dann wollen wir hoffen, dass sie heute genügend Leute hat, um uns zu beschützen und die Burschen aus Hamburg dingfest zu machen."

Klaus grinste. In dieser angespannten Situation war ihm nach Blödeln zumute. So pflegte er sich abzureagieren. „Sicher nicht. Alle Polizisten haben heute frei, weil sie morgen in Stuttgart sein müssen."

Horst Gonser begriff nicht. „Warum müssen die in Stuttgart sein? Was ist da los?"

„Na, morgen spielt doch der HSV im Daimler-Stadion!"

„Ach so! Na ja, klare Sache!"

„Für den HSV!"

„Nein, für den VfB, du Blödmann!"

Beide lachten. Einen Moment später klingelte ein Handy in Klaus' Tasche. Oberkommissarin Trautwein war am Apparat.

„Wenn mich mein Eindruck nicht täuscht, sind Sie beide guter Dinge. Das freut mich. Sie werden Ihre gute Laune noch brauchen können. Und jetzt, Herr Brunkhorst, hören Sie genau zu, was Sie Ihrem Freund zu sagen haben."

Sie redete eine ganze Weile. Klaus wurde ernst. Dann wandte er sich an seinen Freund:

„Also was sie mir jetzt gesagt hat, ist um einige wesentliche Details erweitert das, was sie mir schon grundsätzlich vor ein paar Stunden erläutert hat. Wir werden bald da sein. Du wirst dich nicht lange aufhalten und Dagmar wird bei dir einsteigen. Frau Trautwein und ihre Kollegen wollen handeln, solange es noch hell ist. Zum Glück haben wir heute schönes Wetter und sind mitten im Juni. Dieses Handy, mit dem ich eben telefoniert habe, hat sie mir gegeben. Nachher nimmst du es. Du musst nur die 1 drücken und schon kannst du mir ihr oder einem ihrer Kollegen reden. Ich selbst soll in dem Tagungsheim zurückbleiben. Ich sage ja, die Trautwein kann mich nicht leiden. Ich lasse euch wirklich nicht gern allein. Egal – du fährst auf die Autobahn zurück, natürlich dann Richtung Norden. Und jetzt pass genau auf! Nach der Anschlussstelle Geisingen, aber noch vor dem Dreieck Bad Dürrheim, kommt ein Autobahnparkplatz mit einem WC. Dort müsst ihr beide mal ganz dringend. Mit anderen Worten: Ihr biegt dort auf den Parkplatz ab. Du sollst zuerst aussteigen und Dagmar gleich danach. Das sei der gefährlichste Augenblick, sagte sie. Ihr geht beide in die Toilette und dort bleibt ihr. Die Polizei geht davon aus, dass eure Hamburger Bewacher euch folgen, und für diesen Fall hat sie eine kleine Überraschung vorbereitet. Man wird euch sagen, wann ihr die Toilette wieder verlassen könnt. Im Übrigen wünscht sie euch alles Gute!"

Horst Gonser spürte, wie sein Mund trocken wurde und sich seine Bauchmuskeln verkrampften. Klaus bemerkte die Aufregung seines Freundes. „Du schaffst das schon. Außerdem kennt sich Gott auch auf der Autobahn aus. Du bist nicht allein."

„Ich habe Gott nicht viel Freude gemacht“, sagte er niedergeschlagen, „warum sollte er mir helfen?“

„Na, du bist mir ja ein schöner Pfarrer“, schimpfte Klaus Brunkhorst, „wenn wir alle Gott Freude machen würden, bräuchten wir auch keinen Erlöser! Das solltest du eigentlich wissen. – So, da vorne ist es. Wir sind gleich da.“

Im Inneren des Gebäudes warteten schon zwei Polizeibeamte auf die beiden Geistlichen. „Bleiben Sie ganz ruhig, Herr Pfarrer“, sagte der eine zu Horst Gonser, „wir haben Sie fest im Auge. Verschiedene Wagen von uns werden Ihnen abwechselnd folgen. Sollten die Herren aus Hamburg Lunte riechen und aufs Gaspedal treten, so kommt unser Hubschrauber zum Einsatz. Für den unwahrscheinlichen Fall, dass unsere Gegner Sie auf der Autobahn fahrtechnisch bedrängen und Ihnen die Abfahrt auf den Parkplatz Räthisgraben nicht erlauben, soll Ihre Begleiterin die 1 auf dem Handy drücken. Sie soll es unten auf den Knien lassen. Es genügt, wenn sie etwas lauter spricht. Außerdem sehen wir ja auch in den Begleitfahrzeugen, was los ist. Und nun gute Fahrt! In einer guten halben Stunde ist alles vorbei.“

Als sich Horst Gonser angeschnallt hatte, sprach er ein Gebet. Auch Dagmar faltete die Hände. „Weißt du, Horst“, sagte sie, „die Paola hat nie gebetet, aber unter diesen Umständen fängt die Dagmar an, sich daran zu gewöhnen.“

Sie fuhren los. Ein Wetterwechsel kündigte sich an. Es war klar und man hatte eine gute Fernsicht. Die Alpenkette war im Süden zu erkennen. Für die Schönheit der Hegau-Landschaft hatten beide jedoch keinen Blick. Zu groß war ihre Anspannung. Noch fuhren sie auf der Landstraße, als bereits Gonsers Handy klingelte. „Wo ist dieser Diakonie-Mensch, mit dem du gekommen bist?“, fragte Rolf.

„Der bleibt bis morgen in diesem Haus“, sagte Horst Gonser.

„Hervorragend“, hörte er wieder die Stimme von Rolf, „das erleichtert die Sache ungemein. Pass jetzt auf, was ich dir sage.“

„Moment“, unterbrach ihn Horst Gonser, „ich kann nicht telefonieren und lenken. Dagmar übernimmt das Gespräch.“

„Hallo, mein Schatz!“, begrüßte Rolf seine Bekannte aus noch gar nicht so fernen Tagen, „schön, dich zu hören. Ihr fahrt auf der Autobahn stur geradeaus. Wir werden uns bei Gelegenheit melden und euch sagen, wie ihr fahren sollt.“

„Ich bin nicht dein Schatz, du Mistkerl. Was wollt ihr eigentlich von mir?“

„Ganz ruhig! Wir müssen mit dir reden. Es ist alles im grünen Bereich. Wir wollen nur mit dir sprechen. Dein Herr Pfarrer hat versprochen, für dich die Abstecke zu zahlen. Die erste Rate hat er schon gelöhnt. Wie er die zweite los wird, werden wir ihm noch sagen, falls er sie nicht schon in der Tasche hat. Nachdem wir miteinander gesprochen haben, kannst du von mir aus gehen, wohin du willst.“

„Und wenn ich nicht mit euch reden will?“

„Wenn du etwas für deine Freundin Jana tun willst, für dich selbst und, nicht zu vergessen, deinen Pfaffen, dann wirst du mit uns reden. Verstanden? Und jetzt halt erst mal die Klappe und fahrt weiter.“

„Aber was ist, wenn wir mal anhalten müssen?“

„Ihr werdet nicht anhalten, außer wir sagen es euch. Ist das denn immer noch nicht klar?“

„Gut, ich habe ja verstanden“, rief Dagmar, „aber was ist, wenn ... na, also wenn z.B. der Kühler kocht?“

„Warum sollte euer Kühler kochen? Versuch ja nicht, uns reinzulegen, du Miststück! Aber ihr werdet auch im Zweifelsfall nichts tun, ohne uns vorher zu informieren.“

Sie erreichten die Autobahn. Horst Gonser fuhr ein mäßiges Tempo. Er hatte Angst, die Abfahrt zu verpassen. Nervös sah er immer wieder in den Rückspiegel. Den roten Toyota sah er. Aber wer war Drago? War er überhaupt dabei? Welches Auto mochte der Polizei gehören? Dann endlich kam die erste Anzeige für den Parkplatz.

„Ruf ihn an“, sagte Horst Gonser.

Dagmar wählte Rolfs Handy an. „Hör zu, wir fahren hier kurz raus. Ich muss mal. – Zum Kuckuck, du hast mir nicht zu sagen, wann ich aufs Klo darf!“

„Na schön“, schimpfte Rolf, „aber wir fahren zuerst ab. Lasst uns überholen.“

Der Toyota fuhr an ihnen vorbei.

„Igor sitzt am Steuer“, murmelte Dagmar.

Horst Gonser bemerkte in seinem Rückspiegel, dass ihm ein weiterer Wagen folgte. Ob das die Polizei oder dieser Drago war oder ein Unbekannter?

Sie fuhren auf den Parkplatz. Eine dichte Hecke schirmte ihn von der Autobahn ab.

Weiter vorn stand das Toilettenhäuschen. Eine lange weiße Markierungslinie zwang die Autos, hintereinander zu parken. Die Wiese rechts vom Parkstreifen war nicht sehr breit. Hinter ihr kam ein schmales Waldstück. Gonser parkte seinen Wagen auf der Höhe einiger großer Fichten, die dicht beieinander standen, etwas in die Wiese hereinragten und sie an dieser Stelle noch schmaler machten. Zwei Männer und eine Frau saßen um den Tisch einer Sitzgruppe weiter vorn und hatten Flaschen mit Mineralwasser vor sich. Noch weiter vorn, wo der Parkplatz schon bald wieder aufhörte, stand ein Lieferwagen. Sonst war nichts zu sehen.

„Okay“, sagte Horst Gonser leise, „lass uns zum Toilettenhäuschen gehen.“

Aber da war Rolf bereits ausgestiegen und ging auf sie zu.

„Guten Abend, die Herrschaften“, sagte er, „am besten wir reden gleich miteinander.“

„Ich muss aufs Klo, du Idiot“, fauchte ihn Dagmar an, „und zwar ziemlich dringend.“

„Nein“, sagte Rolf.

„Doch“, sagte Dagmar, „und du wirst mich nicht daran hindern, sonst schreie ich, dass die Typen dahinten wach werden.“

„Gut“, knurrte Rolf, „ aber dein Kavalier bleibt hier, sonst fange ich an zu schreien.“

Das ist schon mal schief gegangen, dachte der Pfarrer und bemühte sich, ruhig zu bleiben.

Rolf wandte sich Horst Gonser zu. „Siehst du den Wagen hinter deinem? Da sitzt Drago drin. Das ist der Typ mit dem unruhigen Zeigefinger, wenn du verstehst, was ich meine.“

Horst Gonser verstand. Währenddessen hatte Dagmar das Toilettenhäuschen erreicht. Kaum war die Tür hinter ihr zugegangen, kam eine Frau in Zivil, aber mit einer kugelsicheren Weste, auf sie zu. In der Hand hatte sie eine Pistole, im rechten Ohr einen kleinen Kopfhörer.

„Guten Abend, Frau Hinrichs. Bleiben Sie ganz ruhig, auch wenn es draußen einen Moment lang etwas unruhig wird.“

Auch Horst Gonser hätte es gut getan, wenn ihm jetzt jemand gesagt hätte: „Bleiben Sie ganz ruhig.“ Stattdessen stand er diesem unsäglichen Rolf gegenüber. Igor war hinter dem Steuer sitzen geblieben.

Nichts geschah. Wo war die Polizei? Ihm fiel auf, dass Drago seinen Motor nicht abgestellt hatte. Ein weiteres Auto kam und blieb in gewissem Abstand zu Dragos Auto stehen. Ein Mann stieg aus und nahm einen kleinen Autoatlas in seine Hand. Rolf wurde nervös.

„Zum Donnerwetter, wo bleibt die Schlampe?“

„Manche Dinge brauchen eben Zeit“, versuchte ihn Horst Gonser zu beruhigen, „ich wäre froh, wenn Sie mich jetzt auch auf die Toilette ließen.“

Rolf sah ihn verächtlich an. „Du bleibst hier.“

Wieder verging einige Zeit. Rolfs Nervosität wuchs. Die zwei Männer und die Frau waren aufgestanden und streckten sich. Ihre Flaschen warfen sie in einen Mülleimer und machten Anstalten zu gehen.

„Ich sehe jetzt nach. Igor, steig aus und behalte den Pfaffen im Blick!“

Igor stieg aus und grinste Horst Gonser an. Rolf ging auf das Toilettenhäuschen zu. Im selben Augenblick, als er die Tür zur Damentoilette öffnen wollte, ging die Tür der Herrentoilette auf. Ein Mann hielt Rolf eine Pistole in den Rücken. Der hob langsam die Hände.

„Scheiße, was ist das?“, rief Igor und sah sich aufgeregt um. Plötzlich rannten die zwei Männer und die Frau auf Igor und Horst Gonser zu. Auch sie hatten auf einmal Pistolen in den Händen. Horst Gonser erkannte in der Frau die Oberkommissarin aus Rallingen.

Dann ging alles sehr schnell.

Drago wollte eben seine Pistole zücken, als ein Schuss fiel, der aus dem Fichtendickicht kam. Man hörte Drago aufschreien. Aber der Schuss hatte ihn wohl nicht ernsthaft verletzt. Drago ließ den Motor aufheulen und fuhr mit quietschenden Reifen los. Im selben Augenblick fuhr der Lieferwagen, der vorn geparkt hatte, ebenfalls los und versperrte die Fahrbahn. Auch das Fahrzeug hinter Drago fuhr los. Aus dem Laderaum des Lieferwagens sprangen zwei Männer mit Maschinenpistolen. Drago bremste abrupt und stieg mit erhobenen Händen aus dem Auto. Handschellen klickten.

„Herr Pfarrer Gonser, Sie bringen uns vielleicht in Situationen!“, rief die Oberkommissarin.

Die Tür des Toilettenhäuschens öffnete sich und Dagmar lief heraus. Sie fiel Horst Gonser um den Hals, weinte und lachte gleichzeitig. Der nahm sie in den Arm und schwenkte sie hin und her. Aus den Fichten traten Männer mit Gewehren, unter ihnen der Leiter der Aktion. Er gab Horst Gonser und Dagmar die Hand.

„Mein Kompliment“, sagte er, „Sie haben sich gut gehalten.“

Dann wandte er sich an die Polizisten. „Frau Trautwein, meine Damen und Herren, ich bin stolz auf Sie. Sie haben Ihre Sache hervorragend gemacht. Dabei hatten wir wenig Zeit, uns zu organisieren, diesen Parkplatz vorzubereiten und was sonst noch alles. Unsere Polizei kann sich glücklich schätzen, solche Kollegen zu haben."

Ein Krankenwagen fuhr mit Blaulicht auf den Parkplatz. Ein Sanitäter stieg aus. „Wo ist der Verletzte?" Dann verband er Dragos Unterarm.

Horst Gonser sah, dass Rolf und seine zwei Kumpane, mit Handschellen gefesselt und von zwei Polizisten bewacht, an dem Lieferwagen standen. Er ging auf sie zu.

„Die Pfaffen sind doch alles Lügner. Ich habe es ja immer gewusst. Du Mistkerl! Irgendwann komme ich raus und dann reiße ich dir den Arsch auf!", brüllte Igor.

Drago sagte nichts, sondern starrte finster auf den Boden vor sich. Ihm war klar, dass sich außer einem Hamburger Gericht auch noch der UN-Gerichtshof in Den Haag für ihn interessieren würde.

Rolf sah den Pfarrer an. Wut aber auch Staunen waren in seinem Gesicht zu lesen. „Mann, Gonser", sagte er, „wie kann man Pastor sein und so unverschämt lügen wie du? Ich habe wirklich geglaubt, ich hätte dich weich gekocht. Stattdessen hast du mir Lügen serviert. Aber ich habe dich unterschätzt, verdammt noch mal, ich habe dich unterschätzt."

„Tja, Junge, jeder muss sehen, wo er bleibt", wollte Horst Gonser sagen, aber er fragte: „Warum steht ein Kerl wie du auf der falschen Seite?"

Streiter für die Moral

Auch an diesem Samstag hatte Horst Gonser nur wenig Zeit für die Gottesdienstvorbereitung. Etliche Stunden musste er in Rallingen auf dem Kommissariat verbringen, unzählige Fragen beantworten und schließlich ein Protokoll unterschreiben. Jetzt erst begriff er richtig, in welchen Zugzwang er die Polizei gebracht hatte und in welch kurzer Zeit sie eine organisatorische

Meisterleistung zu vollbringen hatte. Auch Klaus Brunkhorst musste der von ihm so wenig gemochten Oberkommissarin innerlich Abbitte tun. Wenn er ihr Verhalten vor allem anfangs auch wenig geschätzt hatte, so hatte sie doch hervorragend gearbeitet. Beide Freunde hätten gerne noch gewusst, wie die Sachen in Hamburg standen, aber sie erfuhren nichts.

Müde aber durchaus zufrieden hielt Pfarrer Gonser den Gottesdienst am Sonntagmorgen. Am Nachmittag wollte er mit Karin und den Kindern wegfahren, irgendwohin ins Grüne. Spazieren gehen, Eis essen, entspannen, an etwas anderes denken. Es lief anders.

Nach dem Gottesdienst kam sein Kirchengemeinderat in die Sakristei, während er eben seinen Talar einpackte. Da fiel ihm erst auf, dass heute alle Kirchenältesten im Gottesdienst gewesen waren. Das war äußerst ungewöhnlich.

Eberhard Landauer, der Vorsitzende, machte die Tür der Sakristei hinter sich zu.

Er räusperte sich. „Herr Pfarrer Gonser, morgen um 19.00 Uhr findet eine nicht-öffentliche Sitzung unseres Gremiums statt. Einziger Tagesordnungspunkt sind Sie bzw. Ihr Verhalten. Verzeihen Sie, wenn ich Ihnen das nicht schon vorher unter vier Augen sagen konnte. Sie waren gestern nicht zu erreichen. Aber gestern bekam jedes Mitglied des Kirchengemeinderats einen Brief mit einem Bild, das Sie ... also das Sie in einer Lage zeigt, in der man sich für gewöhnlich nicht fotografieren lässt. – Nein, sagen Sie jetzt nichts. Morgen haben wir genügend Zeit, um alles zu klären."

Die Kirchengemeinderäte hatten die Sakristei schon längst wieder verlassen, als er immer noch bleich an dem kleinen Tisch saß. Seine Hände zitterten. So fand ihn die Mesnerin, die mittlerweile die Kirche aufgeräumt und abgeschlossen hatte.

„Ja, Herr Pfarrer, was isch mit Ihne los? Hot dr Kirchegmeinderat wieder ebbes zom Schimpfa ghet? Höret Se net drauf! Die waret in Burgheim noch nie oifach."

Kurzerhand öffnete die resolute Mesnerin eine Flasche von dem Wein, der eigentlich fürs Abendmahl bestimmt war, und schenkte ihrem Pfarrer ein großes Glas ein. Sie selbst war dieser Art von Tröstung auch nicht abhold, denn sie suchte ein zweites Glas und füllte sich in einer Weise ein, die von schwäbischer Sparsamkeit nichts verriet. „Proscht, Herr Pfarrer, lasset Se sich bloß net onterkriege!"

Wenn das nur so einfach wäre, sich nicht unterkriegen lassen, dachte Horst Gonser, mir bleibt auch nichts erspart. Warum haben die das gemacht?

Der Grund war einfach. Der übereifrige Igor hatte Fotokopien von dem berüchtigten Computerbild gemacht und sie an den Kirchengemeinderat verschickt, weil er eine Äußerung Rolfs falsch verstanden hatte. Aber davon wusste der arme Pfarrer nichts und es spielte jetzt auch keine Rolle mehr. Er war aus dem Regen in die Traufe geraten.

Als er am Montagabend in die Sitzung kam, saßen alle anderen schon auf ihren Plätzen. Das „Guten Abend" fiel ihnen sichtlich schwer, sie starrten auf den Tisch vor sich. Nur Karl Gebauer sah seinen Pfarrer an und zwinkerte ihm zu.

„Meine Damen und Herren", begann der Vorsitzende Landauer die Sitzung, „wir sind völlig überraschend mit einem Sachverhalt konfrontiert worden, der von außerordentlicher Brisanz ist und dringend der Klärung bedarf. Diese Klärung kann uns nur unser Pfarrer geben."

Franz Ferber konnte sich nicht länger zurückhalten. „Herr Gonser, ich bin entsetzt! Das hätte ich nie von Ihnen gedacht." Zustimmendes Gemurmel folgte dieser Äußerung.

Karl Gebauer schlug mit der Hand auf den Tisch. „Herrschaften, bevor Sie sich weiter aufregen, müssen wir erst mal klären, ob dieses Bild überhaupt echt ist."

„Also der Herr Pfarrer ist deutlich zu erkennen. Auch sieht man, dass es nicht seine Frau ist", warf Dorothea Hägele ein.

Karl Gebauer verdrehte die Augen. Mit dem Ton eines Lehrers, der zu unbegabten Schülern spricht, erklärte er: „Schon zu Ihren Jugendzeiten, meine Damen und Herren, gab es Fotomontagen. Das sollten Sie eigentlich wissen. Wir haben hier eine Fotokopie vor uns“ – er nahm sein Exemplar in die Hand –, „die wohl von einem Bild stammt, das mit einem Tintenstrahldrucker gemacht worden ist. Also ein digital verarbeitetes Bild von einem Computer. Die modernen Bildbearbeitungsprogramme sind sehr leistungsfähig und machen solche Fotomontagen vergleichsweise zu einem Kinderspiel. Ich könnte Ihnen damit ein Bild machen, das den Papst in einer solchen Situation zeigt.“

„So etwas würde der Papst nie tun!“, protestierte Willi Brösamle. Karl Gebauer überhörte diesen Einwand geflissentlich, kam er doch von einem Menschen, den er für den Kirchengemeinderat absolut untauglich hielt. Er wandte sich an Horst Gonser. „Ich nehme an, ich habe den Nagel auf den Kopf getroffen und da spielt Ihnen jemand einen bösen Scherz.“

Horst Gonser hatte sofort begriffen, welche Chance sich ihm hier bot. Außerdem hatte er sich schon vorher überlegt, ob er sich nicht retten könnte, indem er behauptete, das Bild sei eine Fälschung. Er hatte für seinen Fehltritt bitter genug bezahlt. Eine Auseinandersetzung mit dem Kirchengemeinderat, ein Erklären seines Verhaltens, Beschuldigungen, Rechtfertigungen, womöglich noch der Ärger mit den Vorgesetzten – das alles musste jetzt nicht auch noch sein. Er brauchte nur zu sagen: „Vielen Dank, Herr Gebauer, genau so ist es“, und die Sitzung wäre bald beendet. Aber die letzten Wochen hatten ihre Spuren hinterlassen. Er war mürbe geworden und vor allen Dingen war er die ewigen Lügen und Heimlichkeiten satt.

„Dieses Bild ist echt und zeigt mich mit einer Frau, die nicht die meine ist.“

Einen Augenblick war Schweigen. Vor allen Dingen Karl Gebauer war perplex. Er fand dennoch als Erster seine Sprache wieder.

„Herr Gonser, entweder sind Sie bemerkenswert dumm oder bemerkenswert ehrlich. Vielleicht auch beides."

„Ehrlich ist wohl kaum das richtige Wort, wenn ein verheirateter Mann so etwas tut", warf der Vorsitzende ein.

Franz Ferber hatte Blickkontakt mit Dorothea Hägele. Sie nickte ihm zu, als er beinahe triumphierend sagte: „Ich habe es geahnt!"

Dann erhob sich ein Stimmengewirr. „Ungeheuerlich! – Dabei lässt er sich auch noch fotografieren! – Die arme Frau Pfarrer!" Nur Roswitha Meierle schwieg. Ihr Mund war ein dünner Strich.

Eberhard Landauer verschaffte sich Ruhe. „Herr Gonser, das müssen Sie uns schon erklären."

Horst Gonser holte tief Luft. „Ich sagte es Ihnen bereits, das Bild zeigt in der Tat mich. Die Umstände, unter denen es entstanden ist, stehen hier nicht zur Debatte. Ich werde Ihnen darüber keine Auskunft geben, auch nicht über die weibliche Person auf diesem Bild. Das Bild entstand ohne mein Wissen und mein Einverständnis."

Wieder war es einen Augenblick still.

„Das heißt aber, dass jemand Sie oder uns alle erpressen will", stellte Johannes Zeller fest und seiner Stimme war das Erschrecken darüber anzuhören.

Eben wollte sich ein neues Stimmengewirr erheben, als Horst Gonser mit lauter Stimme sprach:

„In der Tat hat jemand versucht, mich zu erpressen. Ich kenne diese Personen. Sie sind bereits in polizeilichem Gewahrsam. Ich versichere Ihnen, dass niemand zum jetzigen Zeitpunkt mich oder Sie erpresst."

Unter dem Tisch ballte er seine Fäuste. Du musst da durch, Horst, du musst da durch. Egal, was passiert, du musst da durch, dachte er.

„Und wenn Ihre Frau dieses Bild zu sehen bekommt, was dann?", wollte Rita Notter wissen.

Horst Gonser atmete tief durch. „Meiner Frau habe ich diesen Fehltritt bereits gestanden."

„Und was hat sie gesagt?" Dorothea Hägele beugte sich neugierig über den Tisch.

„Nun, das ist wohl Sache des Ehepaares Gonser und nicht des Kirchengemeinderates", sagte der Vorsitzende Landauer tadelnd. Dann wandte er sich an seinen Pfarrer. „Dennoch, Herr Gonser, müssen Sie verstehen, dass Ihre Antworten mehr Fragen aufwerfen als beantworten. Sie sprechen von mehreren Personen, die in polizeilichem Gewahrsam seien. Das heißt doch, dass hinter dieser Sache eine ganze Menge steckt."

Die Kirchengemeinderäte unterstützten ihren Vorsitzenden mit heftigem Kopfnicken.

Wieder sprach Horst Gonser, und seine Stimme hatte an Festigkeit gewonnen: „Ich wiederhole, dass es ein Erpressungsversuch war, der aber gescheitert ist. Über die weiteren Hintergründe dieser Sache weigere ich mich zu reden. Sie betreffen nur mich, aber nicht dieses Gremium. Für meine Frau war es in der Tat sehr schwer. Ich bin ihr sehr dankbar, dass sie das Gespräch mit mir gesucht hat und unsere Ehe darüber nicht scheitern wird. Lassen Sie mich außerdem noch sagen, dass mir alles sehr, sehr Leid tut. Es tut mir Leid, dass man Sie damit behelligt hat. Es tut mir noch mehr Leid, dass ich Sie mit meinem Verhalten enttäuscht habe. Ich habe etwas getan, was ich besser nicht getan hätte. Das weiß ich. Ich kann nur auf Vergebung hoffen."

Er schwieg. Auch die anderen am Tisch hatten in diesem Augenblick nichts zu sagen, sondern bedachten das Gehörte.

Karl Gebauer streichelte seinen Schnurrbart mehrmals. „Nun, Herr Gonser", sagte er zögernd, „ich finde Ihr Verhalten falsch, doch ich akzeptiere Ihre Entschuldigung. Es gibt Dinge, die sollten nicht passieren, aber sie passieren eben. Hauptsache, man lernt daraus."

„Herr Gebauer, ich protestiere mit aller Entschiedenheit!

Kennen Sie denn das 6. Gebot nicht, welches lautet: *Du sollst nicht ehebrechen.* Natürlich weiß auch ich, dass solche Dinge passieren, aber hier haben wir es mit einem Pfarrer zu tun. Ein Pfarrer muss ein Vorbild für die Gemeinde sein. Wie kann ich denn überhaupt noch seinen Predigten zuhören, wenn er in seinem persönlichen Leben derart sündigt?“ Franz Ferbers Entrüstung war grenzenlos. „Ein Pfarrer ist nicht irgendwer, sondern Gott selbst hat ihm das Hirtenamt in seiner Gemeinde anvertraut. Wie können Sie über einen solchen Fehltritt derart lax hinweggehen?“

Karl Gebauer wollte aufbrausen, aber Eberhard Landauer schlug auf den Tisch. „Wir müssen weiterkommen. Herr Gonser, haben Sie noch etwas zu sagen? Sie schütteln mit dem Kopf? Gut, dann hat jetzt noch jeder von Ihnen die Gelegenheit zu einem Schlussvotum, bevor Pfarrer Gonser den Raum verlässt und wir ohne ihn weiter verhandeln.“

Es meldeten sich nur Dorothea Hägele und Franz Ferber.

„Pfui über Sie!“, rief Frau Hägele.

Franz Ferber schlug seine Bibel beim Propheten Hosea auf. „Hören Sie das Wort des Herrn, Herr Pfarrer, es gilt Ihnen:

Höret, ihr Israeliten, des HERRN Wort! Denn der HERR hat Ursache zu schelten, die im Lande wohnen; denn es ist keine Treue, keine Liebe und keine Erkenntnis Gottes im Lande, sondern Verfluchen, Lügen, Morden, Stehlen und Ehebrechen haben überhandgenommen, und eine Blutschuld kommt nach der andern. Darum wird das Land dürre stehen, und alle seine Bewohner werden dahinwelken; auch die Tiere auf dem Felde und die Vögel unter dem Himmel und die Fische im Meer werden weggerafft. Doch soll man niemand schelten noch zurechtweisen, sondern allein dich, Priester, habe ich zu schelten. Mein Volk ist dahin, weil es ohne Erkenntnis ist. Denn du hast die Erkenntnis verworfen; darum will ich dich auch verwerfen, dass du nicht mehr mein Priester sein sollst. Du vergisst das Gesetz deines Gottes; darum will auch ich deine Kinder vergessen.

Dem habe ich nichts hinzuzufügen."

Er klappte die Bibel zu, verschränkte die Arme und sah starr geradeaus. Eberhard Landauer war es unangenehm, dass dieser Teil der Sitzung mit einem derart apodiktischen Urteil enden sollte, und hatte den Eindruck, er müsse etwas tun.

„Frau Meierle", sagte er, „Sie haben sich bisher fast nicht geäußert."

Um Himmels willen, die nicht auch noch, dachte Karl Gebauer.

Aber Roswitha Meierle sagte nur: „Was ich Pfarrer Gonser sagen möchte, werde ich ihm unter vier Augen sagen. Was ich Ihnen sagen möchte, werde ich sagen, wenn er den Raum verlassen hat."

Als Horst Gonser den Raum verlassen hatte, räusperte sich Eberhard Landauer wieder. „Nun, wir haben ihn alle gehört. Das Bild ist also echt. Wir müssen zu einer Entscheidung kommen, wie wir mit diesem Geständnis umgehen wollen und ob Pfarrer Gonser unter diesen Umständen noch eine Zukunft in unserer Gemeinde hat."

„Wie können Sie das überhaupt noch fragen? Je bälder dieser Heuchler geht, umso besser", rief Dorothea Hägele.

„Ich bin mir nicht sicher, dass alle so denken", wandte der Vorsitzende ein, „jeder sollte sich jetzt äußern. Also, was soll mit Herrn Gonser geschehen?"

„Ich schließe mich Ihrer Meinung an", brachte Willi Brösamle zur Kenntnis.

„Der Herr Vorsitzende hat seine Meinung aber noch gar nicht gesagt", röhrte Karl Gebauer und sah dann auffordernd in die Runde, „also was mich betrifft: Ich habe dem, was ich vorhin gesagt habe, nichts hinzuzufügen. Ich akzeptiere seine Entschuldigung. Wenn wir Kirche sind, dann müssen wir auch vergeben können."

Franz Ferber schüttelte entschieden den Kopf. „So einfach ist das nicht. Wenn wir Kirche sind, sind wir auch heiliges Volk

Gottes. Darum muss er gehen." Bibelfest, wie er war, fügte er hinzu: *„Wisset ihr nicht, dass ein wenig Sauerteig den ganzen Teig durchsäuert?"*

Johannes Zeller fühlte sich in seiner Haut überhaupt nicht wohl. In seinen aktiven Zeiten als Handelsvertreter hatte er es mit der ehelichen Treue auch nicht immer ganz genau genommen. Aber das war Vergangenheit und immerhin, bei einem Pfarrer wog das alles doch schwerer. „Also ein Geistlicher sollte Vorbild sein", sagte er etwas zögernd.

Rita Notter wischte sich mit ihrem Taschentuch eine Träne aus dem Auge. „Es schmerzt mich sehr. Ich habe Herrn Gonser gemocht. Aber es fällt mir schwer, unter diesen Umständen weiter mit ihm zusammenzuarbeiten."

Die Reihe war an Roswitha Meierle. Franz Ferber sah sie erwartungsvoll an. Es war klar, dass jetzt die moralische Exekution des gestrauchelten Geistlichen erfolgen würde.

Roswitha Meierle holte tief Luft. „Als ich das Bild sah, bin ich zutiefst erschrocken. Tausend Gedanken gingen mir durch den Kopf. Ich habe in Herrn Gonser große Hoffnungen gesetzt. Und als er vorhin die Echtheit des Bildes bestätigte, war es mir, als ob man mir den Boden unter den Füßen weggezogen hätte."

Die meisten nickten, einige heftig, andere nur leicht.

Die Kirchenälteste fuhr fort: „Aber Sie kennen Jesu Wort: *Wer unter euch ohne Sünde ist, der werfe den ersten Stein.* Ich werde ihn nicht werfen."

„Aber denken Sie doch an den Schaden für unsere Gemeinde!", rief Willi Brösamle.

„Die wird von keinem von uns etwas erfahren. Haben Sie mich verstanden? Auch ein Sünder hat ein Recht auf Schutz seiner Persönlichkeit", sagte Frau Meierle energisch. Sie stand auf, sammelte mit raschen Bewegungen die Fotokopien ein und zerriss sie in tausend Stücke. „So", rief sie, „zumindest dieser Mist ist vom Tisch."

Franz Ferber starrte sie mit offenem Mund an.

„Ja, aber ...“, stotterte Dorothea Hägele.

„Nichts aber“, unterband Roswitha Meierle jedes weitere Wort, „Pfarrer Gonser ist klug genug um zu wissen, dass er es in Zukunft hier bei uns nicht mehr leicht haben wird. Wir werden ihm nahe legen, die Gemeinde zu verlassen, aber wir werden ihm keinen Termin setzen. Er soll ohne Druck sich eine neue Gemeinde suchen können. Es wird auch kein Wort von uns an seine Vorgesetzten dringen, weder an Dekan Weinle noch an die Kirchenleitung. Wie er ihnen seinen Wechsel erklärt, wird sein Problem sein. Genau so werden wir verfahren, meine Damen und Herren!“

„Frau Meierle, das ausgerechnet von Ihnen? Ich verstehe Sie nicht.“ Johannes Zeller war die Überraschung ins Gesicht geschrieben.

„Sie müssen mich auch nicht verstehen“, sagte sie abweisend, „aber das sollten Sie bedenken: Pfarrer Gonser hat einen schlimmen Fehler gemacht. Das ist wahr. Unbekannte, böse Menschen haben versucht, ihn deswegen zu erpressen. Nun sollten wenigstens wir darauf verzichten, ihn unter dem Deckmantel der moralischen Entrüstung erneut unter Druck zu setzen.“

Eberhard Landauer war froh, dass es ihm erspart blieb, einen entscheidenden Vorschlag zu machen. „Ich finde, Frau Meierle hat Recht. Wir sollten über ihren Vorschlag abstimmen. Wer dafür ist, den bitte ich um das Handzeichen. Gegenstimmen? Enthaltungen?“

Johannes Zeller hatte sich enthalten, Franz Ferber und Dorothea Hägele hatten gegen den Vorschlag gestimmt. Willi Brösamle hatte sich seinem Vorsitzenden angeschlossen.

„Ich danke Ihnen und schließe die Sitzung. Pfarrer Gonser wird von mir informiert.“

Noch am selben Abend ging Eberhard Landauer ins Pfarrhaus. Horst Gonser, der das Schlimmste befürchtet hatte, war überrascht. Noch überraschter war er, als ihm der Vorsitzende mitteilte, das milde Urteil gehe auf Frau Meierles Eintreten zurück.

Die rief ihren Pfarrer gleich am nächsten Morgen an. „Wenn Sie Zeit haben, kommen Sie heute mal vorbei“, bat sie ihn.

Als er reichlich nervös an ihrem Wohnzimmertisch saß, nahm sie einen Briefumschlag in die Hand. „Sie haben mich enttäuscht, Herr Pfarrer, aber ich möchte, dass Sie das hier lesen.“

Er nahm den Brief zur Hand und las:

Liebe Mutter!

Nach fast acht Jahren sollst du doch einmal ein Lebenszeichen von mir erhalten. Ich lege diesem Brief ein Bild von der Einschulung deines Enkels Lukas bei. Du hast ihn ja nie kennen gelernt. Er ist ein liebes Kind und macht mir viel Freude. Als ich mit ihm schwanger war, geschah es auch aus Protest gegen dich. Du warst gegen den Mann, den ich liebte. Darum wollte ich dich kränken. Natürlich hast du Recht gehabt. Wolfgang war nicht der Mann fürs Leben. Wir haben uns bald getrennt.

Aber das war ja das Schlimme: Du hast immer nur Recht gehabt. Du hast immer ganz genau gewusst, was gut für mich ist und was nicht. Du hast geredet und entschieden, aber wann hast du einmal zugehört und Verständnis gehabt? Ich weiß nicht, wie Papa es mit dir ausgehalten hat. Als er starb, hatte ich niemanden mehr, der mir zuhörte, nur noch eine Mutter, die immer ganz genau sagen konnte, was gut und was böse, was richtig und was falsch ist.

Trotzdem denke ich, dass du deinen Enkel einmal sehen solltest. Wenn ich ein Zeichen der Hoffnung von dir bekomme, fahre ich nach Burgheim und besuche dich.

Deine Tochter Elisabeth!

Roswitha Meierle hatte Tränen in den Augen. „Bitte lassen Sie mich jetzt allein, Herr Pfarrer.“ Sie brachte ihn zur Tür.

Epilog

Als das neue Schuljahr begonnen hatte, schrieb Horst Gonser seinen Vorgesetzten, dass er aus persönlichen Gründen eine neue Stelle suche. Dekan Weinle war überrascht und stellte ihm einige eindringliche Fragen. Aber Horst Gonser überwand diese Hürde. Der Referent in der Personalabteilung der Kirchenleitung rief ihn an:

„Des han i mir doch glei denkt, dass Burgheim nix für Sie isch. Warum hent Sie net auf mich ghört? Oje, was mache mer au jetzt?“

Wiederum elf Monate später, die Sommerferien hatten gerade begonnen, saßen sie in einem leer geräumten Pfarrhaus. Einige Umzugskartons dienten als Sitzgelegenheit und als Tisch. Klaus Brunkhorst hatte aus seinem Weinkeller zwei Flaschen seines besten Rotweins mitgebracht.

Das leere Haus stimmte Horst Gonser niedergeschlagen.

„Da war ich jetzt nur drei Jahre in einer Gemeinde, auf die ich mich einmal so gefreut habe. Meiner Familie mute ich einen Umzug zu, den Kindern neue Schulen. Es ist meine Schuld, dass am Ende nur Scherben bleiben.“

Karin Gonser legte tröstend den Arm um ihren Mann.

„Nein, Horst“, sagte sein Freund, „ich sehe das anders. Gewiss, du hast einen Fehler gemacht. Aber es bleiben nicht nur Scherben. Du hast wichtige und tiefe Erfahrungen gemacht: mit dir selbst und mit anderen Menschen. Du bist gefallen, aber auch wieder aufgestanden. Mit Leuten wie dir kann unser Gott noch manches tun.“

Diese Worte taten ihm gut, doch er hatte Mühe, sie wirklich zu glauben. Er griff nach seiner Pfeife, Karin reichte ihm die Tabaksdose. „Ich weiß nicht so recht“, sagte er leise.

„Da ist noch etwas“, meinte Martina, „durch deine ‚Schuld‘

ist aus einer Paola eine Dagmar geworden. Wisst ihr übrigens schon, dass sie angerufen hat? Aus der provisorischen Lösung im Tagungsheim ist eine Festanstellung geworden. Sie macht sich nicht nur in der Küche gut. Bei Jugendfreizeiten hat gerade sie einen besonderen Draht zu schwierigen Jugendlichen. Sie schafft es, dass sie sich gut einordnen und mitarbeiten. Sie überlegt, ob sie nicht eine Ausbildung im pädagogischen Bereich machen soll."

„Und vergiss nicht, dass Jana wieder frei ist und mit ihr fünf weitere junge Frauen", rief Karin. „Manches ist zerbrochen, aber viel auch wieder heil geworden."

„Das also bleibt?", fragte Horst Gonser nachdenklich.

„Da bleibt noch mehr", sagte Martina.

„Ja, unsere Freundschaft!", ergänzte Klaus und hob sein Glas.

»Treibsand«

Der sechste *K*irchen*K*rimi von Christian Uecker

(ISBN 3-8048-4466-9)

Christian Uecker, Pastor und renommierter Krimi-Autor, bietet in diesem Buch erneut *»Spannung auch für Atheisten« (Kieler Nachrichten).* Ort der Handlung – die sich wieder um Ueckers literarisches Ego, Pastor Frank Falke dreht – ist die Nordseeinsel Amrum: Hier wird vom „Club der Poeten“ die „Woche der Poesie“ veranstaltet. Doch die Hobby-Dichter schmieden mehr Intrigen als Reime: bis einer von ihnen an der Amrumer Odde ganz prosaisch erschlagen wird. Die Leiche findet ausgerechnet Falke, *»der Nachfahre von Chestertons unsterblichem Pater Brown« (Der Spiegel).*